周作人著作

知堂文集

锺叔河——编订

岳麓書社·长沙

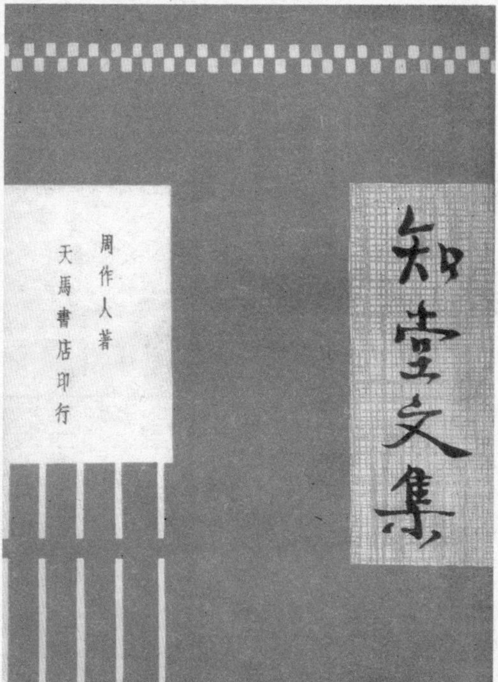

天马书店本《知堂文集》

编者的话

锺叔河

一九八七年一月三日《光明日报》上，岳麓书社刊出了我拟稿的一帧广告（左图），宣布了书社和我对重印周作人著作的观点：

“人归人，文归文。周作人其人的是非功过是另一问题，其书的主要内容是对传统文化和国民性进行反思，对中国—西方和中国—日本的文化历史进行比较研究，今之读者却不可不读。……”

随即便开始出书。既出周作人著作的单行本，也出精装合订本。两年之间，出了二十四种。

书当然不是想出便能出的，得按规矩，走程序。周家授权了，报告批复了，宋木文、杨牧之、伍杰各位领导都当面或来信表示应允和支持了，便能够出了。

出就得出好。当时强调了两条：（一）因为均系据旧本重印，所以一定要认真校订，尽力改正旧本误植失校的错误；（二）因为手稿不存，无法对勘，所以一定要详出校记，改动处一概保留原文，承担责任。

这两条，读者看来大都是认可的。直到如今，在旧书网上，八十年代“岳麓版”的周作人著作，始终都卖得不错。

现在，岳麓书社决定又来出版周作人著作，仍然要我负责编订，做法则一仍其旧。主要还是这些书，还是这两条，新的广告也就不必再做了。

鄢琨君三十年前和我同编了这些书，此次仍然合作，蒋浩君也参加了进来。校记原列表在书末，如今改作尾注。二君新增校改之处，分别标出“鄢校”“蒋校”，特此说明，并志感谢。

二〇一八年五月十五日于长沙。

出版题记

《知堂文集》，一九三三年三月上海天马书店初版，有《〈知堂文集〉序》一，收文四十四篇。

此四十四篇，只有《知堂说》《穷裤》《糸鱼川》是新作，其他均选自已经出版的诗文集。按目录次序看，《过去的生命》等六篇选自新诗集《过去的生命》，《一年的长进》等十篇选自《雨天的书》，《我学国文的经验》等八篇选自《谈虎集》，《伟大的捕风》等七篇选自《看云集》，《闭户读书论》等两篇选自《永日集》，《摆伦句》等三篇选自《谈龙集》，《死法》等三篇选自《泽泻集》，《谜语》等两篇选自《自己的园地》，共计达四十一篇。

四十四篇中，有四十一篇是选文，所以这

是一本自选集。

自选集的内容，与已刊各集虽有重复，但它选出了作者最为看重的文章，显示出创作的主流和方向，老读者能得到启发，新读者鼎尝一脔即可知味，也会觉得满足。

天马书店张一渠，早年曾从作者学英文，为了约请老师自选一集，他前后写过十多封信。

二〇二〇年五月二十日，锺叔河。

目录

《知堂文集》序

知堂的意义别有说，在集内，兹不赘。我所怕的是能说不能行，究竟我知道些什么呢，有哪些话我说得对的呢，实在自己也还不大清楚。打开天窗说亮话，我的自然科学的知识很是有限，大约不过中学程度罢，关于人文科学也是同样的浅尝，无论哪一部门都不曾有过系统的研究。求知的心既然不很深，不能成为一个学者，而求道的心更是浅，不配变做一个信徒。我对于信仰，无论各宗各派，只有十分的羡慕，但是做信徒却不知怎的又觉得十分的烦难，或者可以说是因为没有这种天生的福分罢。略略考虑过妇女问题的结果，觉得社会主义是现世唯一的出路。同时受着遗传观念的迫压，又常有故鬼重来之惧。这些感想比较有点近于玄虚，我至今不晓得怎么发付他。但是，总之，我不想说谎话。我在这些文章里总努力说实话，不过因为是当作文章写，说实话却并不一定是一样的老实说法。老实的朋友读了会误解的地方难免也有罢？那是因为写文章写得撇扭了的缘故，我相信意思原来是易解的。或者有人见怪，为什么说这些话，不说那些话？这原因是我只懂得这一点事，不懂得那些事，不好胡说霸道罢了。所说的话有的说得清朗，有的说得阴沉，有的邪曲，有的雅正，似乎很不一律，但是一样的是我所知道的实话，这是我可以保证的。

民国二十二年二月二十日，周作人于北平。

知堂说

孔子曰，知之为知之，不知为不知，是知也。荀子曰，言而当，知也；默而当，亦知也。此言甚妙，以名吾堂。昔杨伯起不受暮夜赠金，有四知之语，后人钦其高节，以为堂名，由来旧矣。吾堂后起，或当作新四知堂耳。虽然，孔荀二君生于周季，不新矣，且知亦不必以四限之，因截取其半，名曰知堂云尔。

（民国二十一年三月二十六日）

过去的生命

这过去的我的三个月的生命，哪里去了？
没有了，永远地走过去了！
我亲自听见他沉沉地缓缓地一步一步地，
在我床头走过去了。
我坐起来，拿了一支笔，在纸上乱点，
想将他按在纸上，留下一些痕迹，——
但是一行也不能写，
一行也不能写。
我仍是睡在床上，
亲自听见他沉沉地他缓缓地，一步一步地，
在我床头走过去了。

（四月四日在病院中）

一年的长进

在最近的五个礼拜里，一连过了两个年，这才算真正过了年，是民国十三年岁次甲子年了。

回想过去“猪儿年”，国内虽然起了不少的重要变化，在我个人除了痴长一岁之外，实在乏善可陈，但仔细想来也不能说毫无长进，这是我所觉得尚堪告慰的。

这一年里我的唯一的长进，是知道自己之无所知。以前我也自以为是有所知的，在古今的贤哲里找到一位师傅，便可以据为典要，造成一种主见，评量一切，这倒是很简易的办法。但是这样的一位师傅后来觉得逐渐有点难找，于是不禁狼狈起来，如瞎子之失了棒了；既不肯听别人现成的话，自己又想不出意见，归结只好老实招认，述蒙丹尼（Montaigne）的话道“我知道什么？”我每日看报，实在总是心里胡里胡涂的，对于政治外交上种种的争执往往不能了解谁是谁非，因为觉得两边的话都是难怪，却又都有点靠不住。我常怀疑，难道我是没有“良知”的么？我觉得不能不答应说“好像是的”，虽然我知道这句话一定要使提唱王学的朋友大不高兴。真的，我的心里确是空漸漸的，好像是旧殿里的那把椅子，——不过这也是很清爽的事。我若能找到一个“单纯的信仰”，或者一个固执的偏见，我就有了主意，自然可以满足而且快活了；但是有偏见的想除掉固不容易，没有时要去找来却也有点为难。大约我之无所知也不是今日始的，不过以前自以为知罢了；现在忽然觉悟过来，正是好事，殊可无须寻求补救的方法，因为露出的马脚才是真脚，自知无所知却是我的第一个的真知也。

我很喜欢，可以趁这个机会对于以前曾把书报稿件寄给我看的诸位声明一下。我接到印有“乞批评”字样的各种文字，总想竭力奉陪的，无如照上边所说，我实在是不能批评，也不敢批评，倘若硬要我说好坏，我只好仿主考的用脚一踢，——但这当然是毫不足凭的。我也曾听说世上有安诺德等大批评家，但安诺德可，我则不可。我只想多看一点大批评家的言论，广广自己的见识，没有用朱笔批点别人文章的意思，所对于“乞批评”的要求，常是“有方尊命”，诸祈鉴原是幸。

（十三年二月）

我学国文的经验

我到现在做起国文教员来，这实在在我自己也觉得有点古怪的，因为我不但不曾研究过国文，并且也没有好好地学过。平常做教员的总不外这两种办法，或是把自己的赅博的学识倾倒出来，或是把经验有得的方法传授给学生，但是我于这两者都有点够不上。我于怎样学国文的上面就压根儿没有经验，我所有的经验是如此的不规则，不足为训的，这种经验在实际上是误人不浅，不过当做故事讲也有点意思，似乎略有浪漫的趣味，所以就写他出来，送[①]给《孔德月刊》的编辑，聊以塞责。收稿的期限已到，只有这一天了，真正连想另找一个题目的工夫都没有了，下回要写，非得早早动手不可，要紧要紧。

乡间的规矩，小孩到了六岁要去上学，我大约也

【锺校】

①“送”原作“这”。

是这时候上学的。是日，上午，衣冠，提一腰鼓式的灯笼，上书“状元及第”等字样，挂生葱一根，意取“聪明”之兆，拜“孔夫子”而上课，先生必须是秀才以上，功课则口授《鉴略》起首两句，并对一课，曰“元”对“相”，即放学。此乃一种仪式，至于正式读书，则迟一二年不等。我自己是那一年起头读的，已经记不清了，只记得从过的先生都是本家，最早的一个号叫花塍，是老秀才，他是吸雅片烟的，终日躺在榻上，我无论如何总记不起他的站立着的印象。第二个号子京，做的怪文章，有一句试帖诗云，“梅开泥欲死”，很是神秘，后来终以风狂自杀了。第三个的名字可以不说，他是以杀尽革命党为职志的，言行暴厉的人，光复的那年，他在街上走，听得人家奔走叫喊“革命党进城了！”立刻脚软了，再也站不起来，经街坊抬他回去；以前应考，出榜时见自己的前一号（坐号）的人录取了（他自己自然是没有取），就大怒，回家把院子里的一株小桂花都拔了起来。

但是从这三位先生我都没有学到什么东西，到了十一岁时往三味书屋去附读，那才是正式读书的起头。所读的书我还清清楚楚地记得，是一本“上中”，即《中庸》的上半本，大约从“无忧者其唯文王乎”左近读起。书房里的功课是上午背书上书，读生书六十遍，写字；下午读书六十遍，傍晚不对课，讲唐诗一首。老实说，这位先生的教法倒是很宽容的，对学生也颇有理解，我在书房三年，没有被打过或罚跪。这样，我到十三岁的年底，读完了《论》《孟》《诗》《易》及《书经》的一部分。“经”可以算读得也不少了，虽然也不能算多，但是我总不会写，也看不懂书，至于礼教的精义尤其茫然，干脆一句话，以前所读之经于我毫无益处，后来的能够略写文字及养成一种道德观念，乃是全从别的方面来的。因此我觉得那些主张读经救国的人真是无谓极了，我自己就读过好几经（《礼记》《春秋》《左传》是自己读的，也大略读过，虽然现在全忘了），总之就是这么一回事，毫无用处，也不见得有损，或者只耗废若干的光阴罢了。恰好十四岁时往杭州去，不再进书房，只在祖父旁边学做八股文试帖诗，平日除规定看《纲鉴易知录》，抄《诗韵》以外，可以随意看闲书，因为祖父是不禁小孩看小说的。他是个翰林，脾气又颇乖戾，但是对于教育却有特别的意见：他很奖励小孩看小说，以为这能使人思路通顺，有时高兴便同我讲起《西游记》来，孙行者怎么调皮，猪八戒怎样老实，——别的小说他也不非难，但最称赏的却是这《西游记》。晚年回到家里，还是这样，常在聚族而居的堂前坐着对人谈讲，尤其是喜欢找他的一位堂弟（年纪也将近六十了罢）特别反复地讲“猪八戒”，仿佛有什么讽刺的寓意似的，以致那位听者轻易不敢出来，要出门的时候必须先窥探一下，如没有人在那里等他去讲猪八戒，他才敢一溜烟地溜出门去。我那时便读了不少的小说，好的坏的都有，看纸上的文字而懂得文字所表现的意思，这是从此刻才起首的。由《儒林外史》《西游记》等渐至《三国演义》，转到《聊斋志异》，这是从白话转到文言的径路。

教我懂文言，并略知文言的趣味者，实在是这《聊斋》，并非什么经书或是《古文析义》之流。《聊斋志异》之后，自然是那些《夜谭随录》等的假聊斋，一变而转入《阅微草堂笔记》，这样，旧派文言小说的两派都已入门，便自然而然地跑到《唐代丛书》里边去了。不久而“庚子”来了。到第二年，祖父觉得我的正途功名已经绝望，照例须得去学幕或是经商，但是我都不愿，所以只好“投笔从戎”，去进江南水师学堂。这本是养成海军士官的学校，于国文一途很少缘分，但是因为总办方硕辅观察是很重国粹的，所以入学试验颇是严重，我还记得国文试题是“云从龙风从虎论”，复试是“虽百世可知也论”。入校以后，一礼拜内五天是上洋文班，包括英文科学等，一天是汉文，一日的功课是，早上打靶，上午八时至十二时为两堂，十时后休息十分钟，午饭后体操或升桅，下午一时至四时又是一堂，下课后兵操。在上汉文班时也是如此，不过不坐在洋式的而在中国式的讲堂罢了，功课是上午作论一篇，馀下来的工夫便让你自由看书，程度较低的则作论外还要读《左传》或《古文辞类纂》。在这个状况之下，就是并非预言家也可以知道国文是不会有进益的了。不过时运真好，我们正苦枯寂，没有小说消遣的时候，翻译界正逐渐兴旺起来，严幾道的《天演论》，林琴南的《茶花女》，梁任公的《十五小豪杰》，可以说是三派的代表。我那时的国文时间实际上便都用在看这些东西上面，而三者之中尤其是以林译小说为最喜看，从《茶花女》起，至《黑太子南征录》止，这其间所出的小说几乎没有一册不买来读过。这一方面引我到西洋文学里去，一方面又使我渐渐觉到文言的趣味，虽林琴南的礼教气与反动的态度终是很可嫌恶，他的拟古的文章也时时成为恶札，容易教坏青年。我在南京的五年，简直除了读新小说以外别无什么可以说是国文的修养。一九〇六年南京的督练公所派我与吴周二君往日本改习建筑，与国文更是疏远了，虽然曾经忽发奇想地到民报社去听章太炎讲过两年“小学”。总结起来，我的国文的经验便只是这一点，从这里边也找不出什么学习的方法与过程，可以供别人的参考，除了这一个事实，便是我的国文都是从看小说来的，倘若看几本普通的文言书，写一点平易的文章，也可以说是有了运用国文的能力。

现在轮到我教学生去理解国文，这可使我有点为难，因为我没有被教过这是怎样地理解的，怎么能去教人。如非教不可，那么我只好对他们说，请多看书。小说，曲，诗词，文，各种；新的，古的，文言，白话，本国，外国，各种；还有一层，好的，坏的，各种：都不可以不看，不然便不能知道文学与人生的全体，不能磨炼出一种精纯的趣味来。自然，这不要成为乱读，须得有人给他做指导顾问，其次要别方面的学问知识比例地增进，逐渐养成一个健全的人生观。

写了之后重看一遍，觉得上面所说的话平庸极了，真是“老生常谈”，好像是笑话里所说，卖必效的臭虫药的，一重一重的用纸封好，最后的一重里放着一张纸片，上面只有两字曰“勤捉”。但是除灭臭虫本来除了勤捉之外别无好法子，所以我这个方法或者倒真是理解文章的趣味之必效法也未可知哩。

（一九二六年，九月三十日，于北京）

胜业

偶看《菩萨戒本经》，见他说凡受菩萨戒的人，如见众生所作，不与同事，或不瞻视病人，或不慰忧恼，都犯染污起；只有几条例外不犯，其一是自修胜业，不欲暂废。我看了很有感触，决心要去修自己的胜业去了。

或者有人问："你？也有胜业么？"是的。各人各有胜业，彼此虽然不同，其为胜业则一。俗语云，"虾蟆垫床脚"。夫虾蟆虽丑，尚有蟾酥可取，若垫在床脚下，虾蟆之力更不及一片破瓦。我既非天生的讽刺家，又非预言的道德家；既不能做十卷《论语》，给小孩们背诵，又不能编一部《笑林广记》，供雅俗共赏；那么高谈阔论，为的是什么呢？野和尚登高座妄谈般若，还不如在僧房里译述几章法句，更为有益。所以我的胜业，是在于停止制造（高谈阔论的话）而实做行贩。别人的思想，总比我的高明；别人的文章，总比我的美妙：我如弃暗投明，岂不是最胜的胜业么？但这不过在我是胜。至于别人，原是各有其胜，或是征蒙，或是买妾，或是尊孔，或是吸鼻烟，都无不可，在相配的人都是他的胜业。

（十年八月，在西山）

沉默

林玉堂先生说，法国一个演说家劝人缄默，成书三十卷，为世所笑，所以我现在做讲沉默的文章，想竭力节省，以原稿纸三张为度。

提倡沉默从宗教方面讲来，大约很有材料，神秘主义里很看重沉默，美忒林克便有一篇极妙的文章。但是我并不想这样做，不仅因为怕有拥护宗教的嫌疑，实在是没有这种知识与才力。现在只就人情世故上着眼说一说罢。

沉默的好处第一是省力。中国人说，多说话伤气，多写字伤神。不说话不写字大约是长生之基，不过平常人总不易做到。那么一时的沉默也就很好，于我们大有裨益。三十小时草成一篇宏文，连睡觉的时光都没有，第三天必要头痛；演说家在讲台上呼号两点钟，难免口干喉痛，不值得甚矣。若沉默，则可无此种劳苦，——虽然也得不到名声。

沉默的第二个好处是省事。古人说“口是祸门”，关上门，贴上封条，祸便无从发生（“闭门家里坐，祸从天上来”，那只算是“空气传染”，又当别论），此其利一。自己想说服别人，或是有所辩解，照例是没有什么影响，而且愈说愈是渺茫，不如及早沉默，虽然不能因此而说服或辩明，但至少是不会增添误会。又或别人有所陈说，在这面也照例不很能理解，极不容易答复，这时候沉默是适当的办法之一。古人说不言是最大的理解，这句话或者有深奥的道理，据我想则在我至少可以藏过不理解，而在他也就可以有猜想被理解了之自由。沉默之好处的好处，此其二。

善良的读者们，不要以我为太玩世（Cynical）了罢？老实说，我觉得人之互相理解是至难——即使不是不可能的事，而表现自己之真实的感情思想也是同样地难。我们说话作文，听别人的话，读别人的文，以为互相理解了，这是一个聊以自娱的如意的好梦，好到连自己觉到了的时候也还不肯立即承认，知道是梦了却还想在梦境中多流连一刻。其实我们这样说话作文无非只是想这样做，想这样聊以自娱，如其觉得没有什么可娱，那么尽可简单地停止。我们在门外草地上翻几个筋斗，想象那对面高楼上的美人看着（明知她未必看见），很是高兴，是一种办法；反正她不会看见，不翻筋斗了，且卧在草地上看云罢，这也是一种办法。两者都是对的，我这回是在做第二个题目罢了。

我是喜翻筋斗的人，虽然自己知道翻得不好。但这也只是不巧妙罢了，未必有什么害处，足为世道人心之忧。不过自己的评语总是不大靠得住的，所以在许多知识阶级的道学家看来，我的筋斗都翻得有点不道德，不是这种姿势足以坏乱风俗，便是这个主意近于妨害治安。这种情形在中国可以说是意表之内的事，我们也并不想因此而变更态度，但如民间这种倾向到了某一程度，翻筋斗的人至少也应有想到省力的时候了。

三张纸已将写满，这篇文应该结束了。我费了三张纸来提倡沉默，因为这是对于现在中国的适当办法。——然而这原来只是两种办法之一，有时也可以择取另一办法：高兴的时候弄点小把戏，“藉资排遣”。将来别处看有什么机缘，再来噪聒，也未可知。

（一九二四年七月二十日）

伟大的捕风

我最喜欢读《旧约》里的《传道书》。传道者劈头就说，“虚空的虚空”，接着又说道：“已有的事后必再有，已行的事后必再行。日光之下并无新事。”这都是使我很喜欢读的地方。

中国人平常有两种口号，一种是说人心不古，一种是无论什么东西都说古已有之。我偶读拉瓦尔（Lawall）的《药学四千年史》，其中说及世界现存的埃及古文书，有一卷是基督前二千二百五十年的写本（照中国算来大约是舜王爷登基的初年），里边大发牢骚，说人心变坏，不及古时候的好云云，可见此乃是古今中外共通的意见，恐怕那天雨粟时夜哭的鬼的意思也是如此罢。不过这在我无从判断，所以只好不赞一词，而对于古已有之说则颇有同感，虽然如说潜艇即古之螺舟，轮船即隋炀帝之龙舟等类，也实在不敢恭维。我想，今有的事古必已有，说的未必对，若云已行的事后必再行，这似乎是无可疑的了。

世上的人都相信鬼，这就证明我所说的不错。普通鬼有两类。一是死鬼，即有人所谓幽灵也，人死之后所化，又可投生为人，轮回不息。二是活鬼，实在应称僵尸，从坟墓里再走到人间，《聊斋》里有好些他的故事。此二者以前都已知道，新近又有人发见一种，即梭罗古勃（Sologub）所说的“小鬼”，俗称当云遗传神君，比别的更是可怕了。易卜生在《群鬼》这本剧中，曾借了阿尔文夫人的口说道：

> 我觉得我们都是鬼。不但父母传下来的东西在我们身体里活着，并且各种陈旧的思想信仰这一类的东西也都存留在里头。虽然不是真正的活着，但是埋伏在内也是一样。我们永远不要想脱身。有时候我拿起张报纸来看，我眼里好像看见有许多鬼在两行字的夹缝中间爬着。世界上一定到处都有鬼。他们的数目就像沙粒一样的数不清楚。(引用潘家洵先生译文)

我们参照法国吕滂（Le Bon）的《民族发展之心理》，觉得这小鬼的存在是万无可疑，古人有什么守护天使，三尸神等话头，如照古已有之学说，这岂不就是一则很有趣味的笔记材料么？

无缘无故疑心同行的人是活鬼，或相信自己心里有小鬼，这不但是迷信之尤，简直是很有发疯的意思了。然而没有法子。只要稍能反省的朋友，对于世事略加省察，便会明白，现代中国上下的言行，都一行行地写在二十四史的鬼账簿上面。画符，念咒，这岂不是上古的巫师，蛮荒的“药师”的勾当？但是他的生命实在是天壤无穷，在无论那一时代，还不是一样地在青年老年，公子女公子，诸色人等的口上指上乎？即如我胡乱写这篇东西，也何尝不是一种鬼画符之变相？只此一例足矣！

已有的事后必再有，已行的事后必再行，此人生之所以为虚空的虚空也欤？传道者之厌世盖无足怪。他说，“我又专心察明智慧狂妄和愚昧，乃知这也是捕风，因为多有智慧就多有愁烦，加增智识就加增忧伤”。话虽如此，对于虚空的唯一的办法其实还只有虚空之追迹，而对于狂妄与愚昧之察明乃是这虚无的世间第一有趣味的事，在这里我不得不和传道者的意见分歧了。勃阑特思（Brandes）批评弗罗倍尔（Flaubert）说他的性格是用两种分子合成：

> 对于愚蠢的火烈的憎恶，和对于艺术的无限的爱。这个憎爱，与凡有的憎恶一例，对于所憎恶者感到一种不可抗的牵引。各种形式的愚蠢，如愚行迷信自大不宽容都磁力似的吸引他，感发

他。他不得不一件件的把他们描写出来。

我听说从前张献忠举行殿试，试得一位状元，十分宠爱，不到三天忽然又把他“收拾”了，说是因为实在“太心爱这小子”的缘故，就是平常人看见可爱的小孩或女人，也恨不得一口水吞下肚去，那么倒过来说，憎恶之极反而喜欢，原是可以，殆正如金圣叹说，留得三四癞疮，时呼热汤关门澡之，亦是不亦快哉之一也。

察明同类之狂妄和愚昧，与思索个人之老死病苦，一样是伟大的事业，积极的人可以当一种重大的工作，在消极的也不失为一种有趣的消遣。虚空尽由他虚空，知道他是虚空，而又偏去追迹，去察明，那么这是很有意义的，这实在可以当得起说是伟大的捕风。法儒巴思加耳（Pascal）在他的《感想录》上曾经说过：

> 人只是一根芦苇，世上最脆弱的东西，但他是一根会思想的芦苇。这不必要世间武装起来，才能毁坏他。只须一阵风，一滴水，便足以弄死他了。但即使宇宙害了他，人总比他的加害者还要高贵，因为他知道他是将要死了，知道宇宙的优胜，宇宙却一点不知道这些。

（十八年五月十三日写于北平）

闭户读书论

自唯物论兴而人心大变。昔者世有所谓灵魂等物，大智固亦以轮回为苦，然在凡夫则未始不是一种慰安，风流士女可以续未了之缘，壮烈英雄则曰："二十年后又是一条好汉。"但是现在知道人的性命只有一条，一失足成千古恨，再回头已百年身，只有上联而无下联，岂不悲哉！固然，知道人生之不再，宗教的希求可以转变为社会运动，不求未来的永生，但求现世的善生，勇猛地冲上前去，造成恶活不如好死之精神，那也是可能的。然而在大多数凡夫却有点不同，他的结果不但不能砭顽起懦，恐怕反要使得懦夫有卧志了罢。

"此刻现在"，无论在相信唯物或是有鬼论者都是一个危险时期。除非你是在做官，你对于现时的中国一定会有好些不满或是不平。这些不满和不平积在你的心里，正如噎隔患者肚里的"痞块"一样，你如没有法子把他除掉，总有一天会断送你的性命。那么，有什么法子可以除掉这个痞块呢？我可以答说，没有好法子。假如激烈一点的人，且不要说动，单是乱叫乱嚷起来，想出出一口鸟气，那就容易有共党朋友的嫌疑，说不定会同逃兵之流一起去正了法。有鬼论者还不过白折了二十年光阴，只有一副性命的就大上其当了。忍耐着不说呢，恐怕也要变成忧郁病，倘若生在上海，迟早总跳进黄浦江里去，也不管公安局钉立的木牌说什么死得死不得。结局是一样，医好了烦闷就丢掉了性命，正如门板夹直了驼背。那么怎么办好呢？我看，苟全性命于乱世是第一要紧，所以最好是从头就不烦闷。不过这如不是圣贤，只有做官的才能够，如上文所述，所以平常下级人民是不能仿效的。其次是有了烦闷去用方法消遣。抽大烟，讨姨太太，赌钱，住温泉场等，都是一种消遣法，但是有些很要用钱，有些很要用力，寒士没有力量去做。我想了一天才算想到了一个方法，这就是“闭户读书”。

记得在没有多少年前曾经有过一句很行时的口号，叫做“读书不忘救国”。其实这是很不容易的。西儒有言，二鸟在林不如一鸟在手，追两兔者并失之。幸而近来“青运”已经停止，救国事业有人担当，昔日辘轳体的口号今成截上的小题，专门读书，此其时矣，闭户云者，聊以形容，言其专一耳，非真辟札则不把卷，二者有必然之因果也。

但是，敢问读什么呢？经，自然，这是圣人之典，非读不可的，而且听说三民主义之源盖出于《四书》，不特维礼教即为应考试计，亦在所必读之列，这是无可疑的了。但我所觉得重要的还是在于乙部，即是四库之史部。老实说，我虽不大有什么历史癖，却是很有点历史迷的。我始终相信《二十四史》是一部好书，他很诚恳地告诉我们过去曾如此，现在是如此，将来要如此。历史所告诉我们的在表面的确只是过去，但现在与将来也就在这里面了：正史好似人家祖先的神像，画得特别庄严点，从这上面却总还看得出子孙的面影，至于野史等更有意思，那是行乐图小照之流，更充足地保存真相，往往令观者拍案叫绝，叹遗传之神妙。正如獐头鼠目再生于十世之后一样，历史的人物亦常重现于当世的舞台，恍如夺舍重来，慑人心目，此可怖的悦乐为不知历史者所不能得者也。通历史的人如太乙真人目能见鬼，无论自称为什么，他都能知道这是谁的化身，在古卷上找得他的元形，自盘庚时代以降一一具在，其一再降凡之迹若示诸掌焉。浅学者流妄生分别，或以二十世纪，或以北伐成功，或以农军起事划分时期，以为从此是另一世界，将大有改变，与以前绝对不同，仿佛是旧人霎时死绝，新人自天落下，自地涌出，或从空桑中跳出来，完全是两种生物的样子：此正是不学之过也。宜趁现在不甚适宜于说话做事的时候，关起门来努力读书，翻开故纸，与活人对照，死书就变成活书，可以得道，可以养生，岂不懿欤？——喔，我这些话真说得太抽象而不得要领了。但是，具体的又如何说呢？我又还缺少学问，论理还应少说闲话，多读经史才对，现在赶紧打住罢。

（中华民国十七年十一月吉日）

天足

我最喜见女人的天足。——这句话我知道有点语病，要挨性急的人的骂。评头品足，本是中国恶少的恶习，只有帮闲文人像李笠翁那样的人，才将买女人时怎样看脚的法门，写到《闲情偶寄①》里去。但这实在是我说颠倒②了。我的意思是说，我最嫌恶缠足！

近来虽然有学者说，西妇的“以身殉美观”的束腰，其害甚于缠足，但我总是固执己见，以为以身殉丑观的缠足终是野蛮。我时常兴高彩烈的出门去，自命为文明古国的新青年，忽然的当头来了一个一跻一拐的女人，于是乎我的自己以为文明人的想头，不知飞到那里去了。倘若她是老年，这表明我的叔伯辈是喜欢这样丑观的野蛮；倘若年青，便表明我的兄弟辈

【锺校】

①“寄”原作“集”。

②“倒”原作“到”。

是野蛮：总之我的不能免为野蛮，是确定的了。这时候仿佛无形中她将一面藤牌，一枝长矛，恭恭敬敬的递过来，我虽然不愿意受，但也没有话说，只能也恭恭敬敬的接收，正式的受封为什么社的生番。

我每次出门，总要受到几副牌矛，这实在是一件不大愉快的事。唯有那天足的姊妹们，能够饶恕我这种荣誉，所以我说上面的一句话，表示喜悦与感激。

（十年八月）

小孩

一

我看见小孩，
每引起我的贪欲，
想要做富翁了。
我看见小孩，
又每引起我的瞋恚，
令我向往种种主义的人了。
我看见小孩，
又每引起我的悲哀。
洒了我多少心里的眼泪。
阿，你们可爱的不幸者，
不能得到应得的幸福的小人们！
我感谢种种主义的人的好意，
但我也同时体会得富翁的哀愁的心了。

二

荆棘丛里有许多小花，
长着憔悴嫩黄的叶片。
将他移在盆里端去培植么？
拿锄头来将荆棘掘去了么？
阿，阿，
倘使我有花盆呵！
倘使我有锄头呵！

（五月四日）

小孩

一

我初次看见小孩了。

我看见人家的小孩，觉得他可爱，

因为他们有我的小孩的美，

有我的小孩的柔弱与狡狯。

我初次看见小孩了，

看见了他们的笑和哭，

看见了他们的服装与玩具。

二

我真是偏私的人呵。

我为了自己的儿女才爱小孩，

为了自己的妻才爱女人，

为了自己才爱人。

但是我觉得没有别的道路了。

（一九二二年一月十八日）

上下身

戈丹的三个贤人，
坐在碗里去漂洋去。
他们的碗倘若牢些，
我的故事也要长些。　　——英国儿歌

人的肉体明明是一整个（虽然拿一把刀也可以把他切开来），背后从头颈到尾闾一条脊椎，前面从胸口到“丹田”一张肚皮，中间并无可以卸拆之处，而吾乡（别处的市民听了不必多心）的贤人必强分割之为上下身，——大约是以肚脐为界。上下本是方向，没有什么不对，但他们在这里又应用了大义名分的大道理，于是上下变而为尊卑，邪正，净不净之分了：上身是体面绅士，下身是“该办的”下流社会。这种说法既合于圣道，那么当然是不会错的了，只是实行起来却有点为难。不必说要想拦腰的“关老爷一大刀”分个上下，就未免断送老命，固然断乎不可，即使在该办的范围内稍加割削，最端正的道学家也决不答应的。平常沐浴时候（幸而在贤人们这不很多），要备两条手巾两只盆两桶水，分洗两个阶级，稍一疏忽不是连上便是犯下，紊了尊卑之序，深于德化有妨。又或坐在高凳上打盹，跌了一个倒栽葱，更是本末倒置，大非佳兆了。由我们愚人看来，这实在是无事自扰，一个身子站起睡倒或是翻个筋斗，总是一个身子，并不如猪肉可以有里脊五花肉等之分，定出贵贱不同的价值来。吾乡贤人之所为，虽曰合于圣道，其亦古代蛮风之遗留欤。

有些人把生活也分作片段，仅想选取其中的几节，将不中意的梢头弃去。这种办法可以称之曰抽刀断水，挥剑斩云。生活中大抵包含饮食，恋爱，生育，工作，老死这几样事情，但是联结在一起，不是可以随便选取一二的。有人希望长生而不死，有人主张生存而禁欲，有人专为饮食而工作，有人又为工作而饮食，这都有点像想齐肚脐锯断，钉上一块底板，单把上半身保留起来。比较明白而过于正经的朋友则全盘承受而分别其等级，如走路是上等而睡觉是下等，吃饭是上等而饮酒喝茶是下等是也。我并不以为人可以终日睡觉或用茶酒代饭吃，然而我觉得睡觉或饮酒喝茶不是可以轻蔑的事，因为也是生活之一部分。百馀年前日本有一个艺术家是精通茶道的，有一回去旅行，每到驿站必取出茶具，悠然的点起茶来自喝。有人规劝他说，行旅中何必如此，他答得好：

行旅中难道不是生活么。

这样想的人才真能尊重并享乐他的生活。沛德（W. Pater）曾说，我们生活的目的不是经验之果而是经验本身。

正经的人们只把一件事当作正经生活，其馀的如不是不得已的坏癖气，也总是可有可无的附属物罢了：程度虽不同，这与吾乡贤人之单尊重上身（其实是，不必细说，正是相反）乃正属同一种类也。

戈丹（Gotham）地方的故事恐怕说来很长，这只是其中的一两节而已。

（十四年二月）

萨满教的礼教思想

四川督办因为要维持风化，把一个犯奸的学生枪毙，以昭炯戒。

湖南省长因为求雨，半月多不回公馆去，即“不同太太睡觉”，如《京副》上某君所说。

弗来则博士（J. G. Frazer）在所著《普须该的工作》（*Psyche's Task*）第三章迷信与两性关系上说：

> 他们（野蛮人）想像，以为只须举行或者禁戒某种性的行为，他们可以直接地促成鸟兽之繁殖与草木之生长。这些行为与禁戒显然都是迷信的，全然不能得到所希求的效果。这不是宗教的，但是法术的；就是说，他们想达到目的，并不用恳求神灵的方法，却凭了一种错误的物理感应的思想，直接去操纵自然之力。

这便是赵恒惕求雨的心理，虽然照感应魔术的理论讲来，或者该当反其道而行之才对。

同书中又说：

在许多蛮族的心里，无论已结婚或未结婚的人的性的过失，并不单是道德上的罪，只与直接有关的少数人相干；他们以为这将牵涉全族，遇见危险与灾难，因为这会直接地发生一种魔术的影响，或者将间接地引起嫌恶这些行为的神灵之怒。不但如此，他们常以为这些行为将损害一切禾谷瓜果，断绝食粮供给，危及全群的生存。凡在这种迷信盛行的地方，社会的意见和法律惩罚性的犯罪便特别地严酷，不比别的文明的民族，把这些过失当作私事而非公事，当作道德的罪而非法律的罪，于个人终生的幸福上或有影响，而并不会累及社会全体的一时的安全。倒过来说，凡在社会极端严厉地惩罚亲属奸，既婚奸，未婚奸的地方，我们可以推测这种办法的动机是在于迷信；易言之，凡是一个部落或民族，不肯让受害者自己来罚这些过失，却由社会特别严重地处罪，其理由大抵由于相信性的犯罪足以扰乱天行，危及全群，所以全群为自卫起见不得不切实地抵抗，在必要时非除灭这犯罪者不可。

这便是杨森维持风化的心理。固然，捉奸的愉快也与妒忌心有关，但是极小的一部分罢了，因为合法的卖淫与强奸社会上原是许可的，所以普通维持风化的原因多由于怕这神秘的“了不得”——仿佛可以译作[①]多岛海的“太步”。

中国据说以礼教立国，是崇奉至圣先师的儒教国，然而实际上国民的思想全是萨满教的（Shamanistic，比称道教的更确）。中国决不是无宗教国，虽然国民的思想里法术的分子比宗教的要多得多。讲礼教者所喜说的风化一语，我就觉得很是神秘，含有极大的超自然的意义，这显然是萨满教的一种术语。最讲礼教的川湘督长的思想完全是野蛮的，既如上述，京城里“君师主义”的诸位又如何呢？不必说，都是一窟陇的狸子啦。他们的思想总不出两性的交涉，而且以为在这一交涉里，宇宙之存亡，日月之盈昃，家国之安危，人民之生死，皆系焉。只要女学生斋戒——一个月，我们姑且说，便风化可完而中国可保矣，否则七七四十九日[②]之内必将陆沉。这不是野蛮的萨满教思想是什么？我相信要了解中国须得研究礼教，而要了解礼教更非从萨满教入手不可。

（十四年九月二日）

【锺校】

① 原无“作”字，今增。

② 原无“日”字，今增。

北沟沿通信

某某君：

一个月前你写信给我，说蔷薇社周年纪念要出特刊，叫我做一篇文章，我因为其间还有一个月的工夫，觉得总可以偷闲来写，所以也就答应了。但是，现在收稿的日子已到，我还是一个字都没有写，不得不赶紧写一封信给你，报告没有写的缘故，务必要请你原谅。

我的没有工夫作文，无论是预约的序文或寄稿，一半固然是忙，一半也因为是懒，虽然这实在可以说是精神的疲倦，乃是在变态政治社会下的一种病理，未必全由于个人之不振作。还有一层，则我对于妇女问题实在觉得没有什么话可说。我于妇女问题，与其说是颇有兴趣，或者还不如说很是关切，因为我的妻与女儿们就都是女子，而我因为是男子之故对于异性的事自然也感到牵引，虽然没有那样密切的关系。我不很赞同女子参政运动，我觉得这只在有些宪政国里可以号召，即使成就也没有多大意思，若在中国无非养成多少女政客女猪仔罢了。想来想去，妇女问题的实际只有两件事，即经济的解放与性的解放。然而此刻现在这个无从谈起，并不单是无从着手去做，简直是无可谈，谈了就难免得罪，何况我于经济事情了无所知，自然更不能开口，此我所以不克为《蔷薇》特刊作文之故也。

我近来读了两部书，觉得都很有意思，可以发人深省。他们的思想虽然很消极，却并不令我怎么悲观，因为本来不是乐天家，我的意见也是差不多的。其中的一部是法国吕滂（G. Le Bon）著《群众心理》，中国已有译本，虽然我未曾见，我所读的第一次是日文本，还在十七八年前，现在读的乃是英译本。无论人家怎样地骂他是反革命，但他所说的话都是真实，他把群众这偶像的面幕和衣服都揭去了，拿真相来给人看，这实在是很可感谢虽然是不常被感谢的工作。群众还是现在最时新的偶像，什么自己所要做的事都是应民众之要求，等于古时之奉天承运，就是真心做社会改造的人也无不有一种单纯的对于群众的信仰，仿佛以民众为理性与正义的权化，而所做的事业也就是必得神佑的十字军。这是多么谬误呀！我是不相信群众的，群众就只是暴君与顺民的平均罢了，然而因此凡以群众为根据的一切主义与运动，我也就不能不否认，——这不必是反对，只是不能承认他是可能。妇女问题的解决，似乎现在还不能不归在大的别问题里，而且这又不能脱了群众运动的范围，所以我实在有点芒然了。妇女之经济的解放是切要的，但是办法呢？方子是开了，药是怎么配呢？这好像是一个居士游心安养净土，深觉此种境界之可乐，乃独不信阿弥陀佛，不肯唱佛号以求往生，则亦终于成为一个乌托邦的空想家而已！但是，此外又实在是没有办法了。

还有一部书是维也纳妇科医学博士鲍耶尔（B. A. Bauer）所著的《妇女论》，是英国两个医生所译，声明是专卖给从事于医学及其他高等职业的人与心理学社会学的成年学生的，我不知道可以有那一类的资格，却承书店认我是一个 Sexologiste，也售给我一本，得以翻读一过。奥国与女性不知有什么甚深因缘，文人学士对于妇女总特别有些话说，这位鲍博士也不是例外，他的意见倒不受佛洛依特的影响，却是有点归依那位《性与性格》的著者华宁格耳的，这于妇女及妇女运动都是没有多大好意的。但是我读了却并没有什么不以为然，而且也颇以为然，虽然我自以为对于女性稍有理解，压根儿不是一个憎女家（Misogyniste）。我固然不喜欢像古代教徒之说女人是恶魔，但尤不喜欢有些女性崇拜家，硬颂扬女人是圣母，这实在与老流氓之要求贞女有同样的可恶：我所赞同者是混和说，华宁格耳之主张女人中有母妇娼妇两类，比较地有点儿相近了。这里所当说明者，所谓娼妇类的女子，名称上略有语病，因为这只是指那些人，她的性的要求不是为种族的继续，乃专在个人的欲乐，与普通娼妓之以经济关系为主的全不相同。鲍耶尔以为女子的生活始终不脱性的范围，我想这是可以承认的，不必管他这有否损失女性的尊严。现代的大谬误是在一切以男子为标准，即妇女运动也逃不出这个圈子，故有女子以男性化为解放之现象，甚至关于性的事情也以男子观点为依据，赞扬女性之被动性，而以有些女子性心理上的事实为有失尊严，连女子自己也都不肯承认了。其实，女子的这种屈服于男性标准下的性生活之损害决不下于经济方面的束缚，假如鲍耶尔的话是真的，那么女子这方面即性的解放岂不更是重要了么？鲍耶尔的论调虽然颇似反女性的，但我想大抵是真实的，使我对于妇女问题更多了解一点，相信在文明世界里这性的解放实是必要，虽比经济的解放或者要更难也未可知：社会文化愈高，性道德愈宽大，性生活也愈健全，而人类关于这方面的意见却也最顽固不易变动，这种理想就又不免近于昼梦。

反女性的论调恐怕自从“天雨粟鬼夜哭”以来便已有之，而憎女家之产生则大约在盘古开天辟地以后不远罢。世人对于女性喜欢作种种非难毁谤，有的说得很无聊，有的写得还好，我在小时候见过《唐代丛书》里的一篇《黑心符》，觉得很不错，虽然三十年来没有再读，文意差不多都忘记了。我对于那些说女子的坏话的也都能谅解，知道他们有种种的缘由和经验，不是无病呻吟的，但我替她们也有一句辩解：你莫怪她们，这是宿世怨对！我不是奉“《安士全书》人生观”的人，却相信一句话曰“远报则在儿孙”，《新女性》发刊的时候来征文，我曾想写一篇小文题曰“男子之果报”，说明这个意思，后来终于未曾做得。男子几千年来奴使妇女，使她在家庭社会受各种苛待，在当初或者觉得也颇快意，但到后来渐感到胜利之悲哀，从不平等待遇中养成的多少习性发露出来，身当其冲者不是别人，即是后世子孙，真是所谓天网恢恢疏而不漏，怪不得别人，只能怨自己。若讲补救之方，只在莫再种因，再加上百十年的光阴淘洗，自然会有转机，像普通那样地一味怨天尤人，全无是处。但是最后还有一件事，不能算在这笔账里，这就是宗教或道学家所指点的女性之狂荡。我们只随便引佛经里的一首偈，就是好例，原文见《观佛三昧海经》卷八：

若有诸男子　年皆十五六
盛壮多力势　数满恒河沙
持以供给女　不满须臾意

这就是视女人如恶魔，也令人想起华宁格耳的娼妇说来。我们要知道，人生有一点恶魔性，这才使生活有些意味，正如有一点神性之同样地重要。对于妇女的狂荡之攻击与圣洁之要求，结果都是老流氓（Rouè）的变态心理的表现，实在是很要不得的。华宁格尔在理论上假立理想的男女性（FM），但知道在事实上都是多少杂糅，没有纯粹的单个，故所说母妇娼妇二类也是一样地混和而不可化分，虽然因分量之差异可以有种种的形相。因为娼妇在现今是准资本主义原则卖淫获利的一种贱业，所以字面上似有侮辱意味，如换一句话，说女子有种族的继续与个人的欲乐这两种要求，有平均发展的，有偏于一方的，则不但语气很是平常，而且也还是极正当的事实了。从前的人硬把女子看作两面，或是礼拜，或是诅咒，现在才知道原只是一个，而且这是好的，现代与以前的知识道德之不同就只是这一点，而这一点却是极大的，在中国多数的民众（包括军阀官僚学者绅士遗老道学家革命少年商人劳农诸色人等）恐怕还认为非圣无法，不见得能够容许哩。古代希腊人曾这样说过，一个男子应当娶妻以传子孙，纳妾以得侍奉，友妓（Hetaira 原语意为女友）以求悦乐。这是宗法时代的一句不客气的话，不合于现代新道德的标准了，但男子对于女性的要求却最诚实地表示出来。义大利经济学家密乞耳思（Robert Michels）著《性的伦理》（英译在“现代科学丛书”中）引有威尼思地方的谚语，云女子应有四种相，即是：

街上安详　（Matrona in strada,）
寺内端庄　（Modesta in chiesa,）
家中勤勉　（Massaia in casa,）
□□颠狂　（Mattona in letto.）

可见男子之永远的女性便只是圣母与淫女（这个佛经的译语似乎比上文所用的娼妇较好一点）的合一，如据华宁格耳所说，女性原来就是如此，那么理想与事实本不相背，岂不就很好么？以我的孤陋寡闻，尚不知中国有何人说过（上海张竞生博士只好除外不算，因为他所说缺少清醒健全），但外国学人的意见大抵不但是认而且还有点颂扬女性的狂荡之倾向，虽然也只是矫枉而不至于过直。古来的圣母教崇奉得太过了，结果是家庭里失却了热气，狭邪之巷转以繁盛；主妇以仪式名义之故力保其尊严，又或恃离异之不易，渐趋于乖戾，无复生人之乐趣，其以婚姻为生计，视性为敲门之砖，盖无不同，而别一部分的女子致意于性的技巧者又以此为生利之具，过与不及，其实都可以说殊属不成事体也。我最喜欢谈中庸主义，觉得在那里也正是适切，若能依了女子的本性使她平匀发展，不但既合天理，亦顺人情，而两性间的有些麻烦问题也可以省去了。不过这在现在也是空想罢了，我只希望注意妇女问题的少数青年，特别是女子，关于女性多作学术的研究，既得知识，也未始不能从中求得实际的受用，只是这须得求之于外国文书，中国的译著实在没有什么，何况这又容易以“有伤风化”而禁止呢？

我看了鲍耶尔的书，偶然想起这一番空话来，至于答应你的文章还是写不出，这些又不能做材料，所以只能说一声对不起，就此声明恕不做了。草草不一。

十一月六日，岂明。

教训之无用

蔼理斯在《道德之艺术》这一篇文章里说：

虽然一个社会在某一时地的道德，与别个社会——以至同社会在异时异地的道德决不相同，但是其间有错综的条件，使它发生差异，想故意的做成它显然是无用的事。一个人如听人家说他做了一本“道德的”书，他既不必无端的高兴，或者被说他的书是“不道德的”，也无须无端的颓丧。这两个形容词的意义都是很有限制的。在群众的坚固的大多数之进行上面，无论是甲种的书或乙种的书都不能留下什么重大的影响。

斯宾塞也曾写信给人，说道德教训之无效。他说：

在宣传了爱之宗教将近二千年之后，憎之宗教还是很占势力；欧洲住着二万万的外道，假装着基督教徒，如有人愿望他们照着他们的教旨行事，反要被他们所辱骂。

这实在都是真的。希腊有过梭格拉底，印度有过释迦，中国有过孔老，他们都被尊为圣人，但是在现今的本国人民中间他们可以说是等于“不曾有过”。我想这原是当然的，正不必代为无谓地悼叹。这些伟人倘若真是不曾存在，我们现在当不知怎么的更是寂寞，但是如今既有言行流传，足供有艺术趣味的人的欣赏，那就尽够好了。至于期望他们教训的实现，有如枕边摸索好梦，不免近于痴人，难怪要被骂了。

对于世间“不道德的”文人，我们同圣人一样的尊敬他。他的“教训”在群众中也是没有人听的，虽然有人对他投石，或袖着他的书，——但是我们不妨听他说自己的故事。

（十三年二月）

摆伦句

丹麦言语学教授尼洛普博士（Dr. C. Nyrop）在所著《接吻与其历史》第二章中说：

> 这是多么近于人情，摆伦如是愿望说：
>
> 我愿女人只有一张朱唇，
>
> 可以同时亲遍了她们。
>
> That womankind had but one rosy mouth,
>
> To kiss them all at once from north to south.

但是我实在不很喜欢摆伦的这两行诗，也不喜欢这一句话。诗我是不懂，但“自北至南”这种趁韵我觉得没有趣味；他的意思呢，不但是太贪，也有点儿无聊，——这差不多是“登徒子”的态度。据说在文艺复兴时代欧洲有这样一种习惯，凡绅士与贵妇人相见，无论识与不识均接吻为礼。但有些人很不以为然，法国蒙丹纳（Montaigne）说得最妙：

> 这是一件很可非难的习俗，贵妇人当以唇吻敬客，只要他有一对长班跟在后头，不管他怎样

讨厌；就是在我们男子也并不上算，因为须得亲上五十个丑的才能亲到三个美丽的女子。

可惜我们的诗人没有知道。倘若因此种风俗引申，同性也当行“友情的接吻”，如罗马王朝所行，那就更要不得了。罗马诗人 Martialis（40—104）曾说：

外出十五年后，回到罗马来，它给我这许多接吻，比勒思比亚（Lesbia）给加都路思（Catullus）的还要多。各个邻人，各个毛脸的农夫，都来亲你一个气味不佳的嘴。

织布匠来逼你，还有洗染店和刚才亲过牛皮的皮匠；胡子，独眼的绅士；烂眼边的，和有稀臭的嘴的朋友。这真不值得回来。

他做的小诗里有好些都是说这件事的，现在抄译一章于下：

我的颊上贴上一张膏药，
两唇涂药虽然没有冻裂，
菲拉尼思，你知道为什么？
这就为的是省得亲你的嘴。

【附记】 这一篇是看了《接吻与其历史》而作，所引诗文也都出在那本书里。

（一九二七年八月二十日雨夜）

体罚

近来随便读斯替文生（R. L. Stevenson）的论文《儿童的游戏》，首节说儿时的过去未必怎么可惜，因为长大了也有好处，譬如不必再上学校了，即使另外须得工作，也是一样的苦工，但总之无须天天再怕被责罚，就是极大的便宜，我看了不禁微笑，心想他老先生（虽然他死时只有四十四岁）小时候大约很打过些手心罢？美国人类学家洛威（R. H. Lowie）在所著《我们是文明么》第十七章论教育的一节①内说："直到近时为止，欧洲的小学教师常用皮鞭抽打七岁的小儿，以致终身带着伤痕。在十七八世纪，年幼的公侯以至国王都被他们的师傅所凶殴。"譬如亨利第四命令太子的保姆要着实地打他的儿子，因为"世上再没有别的东西于他更为有益"。太子的被打详明地记在

【锺校】

①"节"原作"章"。

帐上，例如：

> 一六〇三年十月九日，八时醒，很不听话，初次挨打。（附注，太子生于一六〇一年九月二十七日。）
>
> 一六〇四年三月四日，十一时想吃饭。饭拿来时，命搬出去，又叫拿来。麻烦，被痛打。

到了一六一〇年五月正式即位，却还不免于被打。王曾曰：“朕宁可不要这些朝拜和恭敬，只要他们不再打朕。”但是这似乎是不可能的事。罗素的《教育论》第九章论刑罚，开首即云：“在以前直到很近的时代，儿童和少年男女的刑罚认为当然的事，而且一般以为在教育上是必要的。”西洋俗语有云，“省了棍子，坏了孩子”，就是这个意思，据丹麦尼洛普（C. Nyrop）教授的《接吻与其历史》第五章说：

> 不但表示恭敬，而且表示改悔，儿童在古时常命在被打过的棍子上亲吻。凯撒堡（Geilor von Kaiserberg）在十六世纪时曾这样说过：儿童被打的时候，他们和棍子亲吻，说道，——
>
> 亲爱的棍子，忠实的棍子，
> 没有你老，我哪能变好。
>
> 他们和棍子亲吻，而且从上边跳过，是的，而且从上边蹦过。

这个教育上的打，自天子以至于庶人，从上古直到近代，大约是一律通行，毫无疑问的。听说琼生博士（Samuel Johnson）很称赞一个先生，因为从前打他打得透而且多。卢梭小时候被教师的小姐打过几次屁股，记在《忏悔录》里，后来写《爱弥儿》，提倡自由教育，却也有时主张要用严厉的处置，——我颇怀疑他是根据自己的经验，或者对于被打者没有什么恶意，也未可知。据罗素说，安诺德博士（即是那个大批评家的先德）对于改革英国教育很有功绩，他减少体罚，但仍用于较幼的学生，且以道德的犯罪为限，例如说诳，喝酒，以及习惯的偷懒。有一杂志说体罚使人堕落，不如全废，安诺德博士愤然拒绝，回答说：

> 我很知道这些话的意思，这是根据于个人独立之傲慢的意见，这是既非合理，也不是基督教的，而是根本地野蛮的思想。

他的意思是要养成青年精神的单纯，清醒谦卑，罗素却批注了一句道，由他训练出来的学生那么很自然地相信应该痛打印度人了，在他们缺少谦卑的精神的时候。

我们现在回过来看看中国是怎样呢？棒头出孝子这句俗语是大家都晓得的，在父为子纲的中国厉行扑作教刑，原是无疑的事，不过太子和小皇帝是否也同西国的受教训，那是不明罢了。我只听说光绪皇帝想逃出宫，被太监拦住，拔住御辫拉了回来，略有点儿相近，至于拉回宫去之后有否痛打仍是未详。现在暂且把高贵的方面搁起，单就平民的书房来找材料，亦可以见一斑。材料里最切实可靠的当然是自己的经验，不过不知怎的，大约因为我是稳健派的缘故罢，虽然从过好几个先生，却不曾被打过一下，所以没有什么可说，那么自然只能去找间接的，也就是次等的材料了。

普通在私塾的宪法上规定的官刑计有两种，一是打头，一是打手心。有些考究的先生有两块戒方，即刑具，各长尺许，宽约一寸，一薄一厚。厚的约可五分[1]，用以敲头，在书背不出的时候，落在头角上，嘣然一声，用以振动迟钝的脑筋，发生速力，似专作提撕之用，不必以刑罚论。薄的一块则性质似乎官厅之杖，以扑犯人之掌，因板厚仅二三分，故其声清脆可听。通例，犯小罪，则扑十下，每手各五，重者递加。我的那位先生是通达的人，那两块戒尺是紫檀的，处罚也很宽，但是别的塾师便大抵只有一块毛竹

【鄢校】

①“分”原作“寸”。

的板子，而且有些凶残好杀的也特别打得厉害，或以桌角抵住手背，以左手握其指力向后拗，令手心突出而拚命打之。此外还有类似非刑的责法，如跪钱板或螺蛳壳上等皆是。传闻曾祖辈中有人，因学生背书不熟，以其耳夹门缝中，推门使阖，又一叔辈用竹枝鞭学生血出，取擦牙盐涂其上，结果二人皆被辞退。此则塾师内的酷吏传的人物，在现今青天白日的中国总未必再会有的罢。

可是，这个我也不大能够担保。我不知道现在社会上的一切体罚是否都已废止？笞杖枷号的确久已不见了，但是此外侦查审问时的拷打，就是所谓“做”呢？这个我不知道。普通总是官厅里的苦刑先废，其次才是学校，至于家庭恐怕是在最后，——而且也不知到底废得成否，特别是这永久“伦理化”的民国。在西洋有一个时候把儿童当作小魔鬼，种种的想设法克服他，中国则自古至今将人都作魔鬼看，不知闹到何时才肯罢休。我回想斯替文生的话，觉得他真舒服极了，因为他不去上学校之后总可以无须天天再怕被责罚了。

（十九年五月）

死之默想

四世纪时希腊厌世诗人巴拉达思作有一首小诗（*Polla laleis*，*anthrope*——Palladas）道：①

你太饶舌了，人呵，不久将睡在地下；

住口罢，你生存时且思索那死。

这是很有意思的话。关于死的问题，我无事时也曾默想过（但不坐在树下，大抵是在车上），可是想不出什么来，——这或者因为我是个“乐天的诗人”的缘故吧。但其实我何尝一定崇拜死，有如曹慕管君，不过我不很能够感到死之神秘，所以不觉得有思索十日十夜之必要，于形而上的方面也就不能有所饶舌了。

窃察世人怕死的原因，自有种种不同，“以愚观之”可以定为三项，其一是怕死时的苦痛，其二是舍

【锺校】

① 括号中英文为小诗英文标题及作者名，原与括号均放于“道：”后。

不得人世的快乐，其三是顾虑家族。苦痛比死还可怕，这是实在的事情。十多年前有一个远房的伯母，十分困苦，在十二月底想投河寻死（我们乡间的河是经冬不冻的），但是投了下去，她随即走了上来，说是因为水太冷了。有些人要笑她痴也未可知，但这却是真实的人情。倘若有人能够切实保证，诚如某生物学家所说，被猛兽咬死痒苏苏地很是愉快，我想一定有许多人裹粮入山去投身饲饿虎的了。可惜这一层不能担保，有些对于别项已无留恋的人因此也就不得不稍为踌躕了。

顾虑家族，大约是怕死的原因中之较小者，因为这还有救治的方法。将来如有一日，社会制度稍加改良，除施行善种的节制以外，大家不问老幼可以各尽所能，各取所需，凡平常衣食住，医药教育，均由公给，此上更好的享受再由个人的努力去取得，那么这种顾虑就可以不要，便是夜梦也一定平安得多了。不过我所说的原是空想，实现还不知在几十百千年之后，而且到底未必实现也说不定，那么也终是远水不救近火，没有什么用处。比较确实的办法还是设法发财，也可以救济这个忧虑。为得安闲的死而求发财，倒是很高雅的俗事；只是发财大不容易，不是我们都能做的事，况且天下之富人有了钱便反死不去，则此法亦颇有危险也。

人世的快乐自然是很可贪恋的，但这似乎只在青年男女才深切的感到，像我们将近“不惑”的人，尝过了凡人的苦乐，此外别无想做皇帝的野心，也就不觉得还有舍不得的快乐。我现在的快乐只是想在闲时喝一杯清茶，看点新书（虽然近来因为政府替我们储蓄，手头只有买茶的钱）无论他是讲虫鸟的歌唱，或是记贤哲的思想，古今的刻绘，都足以使我感到人生的欣幸。然而朋友来谈天的时候，也就放下书卷，何况“无私神女”（Atropos）的命令呢？

我们看路上许多乞丐，都已没有生人乐趣，却是苦苦的要活着，可见快乐未必是怕死的重大原因：或者舍不得人世的苦辛也足以叫人留恋这个尘世罢。讲到他们，实在已是了无牵挂，大可“来去自由”，实际却不能如此，倘若不是为了上边所说的原因，一定是因为怕河水比彻骨的北风更冷的缘故了？

对于“不死”的问题，又有什么意见呢？因为少年时当过五六年的水兵，头脑中多少受了唯物论的影响，总觉得造不起“不死”这个观念来，虽然我很喜欢听荒唐的神话。即使照神话故事所讲，那种长生不老的生活我也一点儿都不喜欢。住在冷冰冰的金门玉阶的屋里，吃着五香牛肉一类的麟肝凤脯，天天游手好闲，不在松树下着棋，便同金童玉女厮混，也不见得有什么趣味，况且永远如此，更是单调而且困倦了。又听人说，仙家的时间是与凡人不同的，诗云“山中方七日，世上已千年”，所以烂柯山下的六十年在棋边只是半个时辰耳，那里会有日子太长之感呢?但是由我看来，仙人活了二百万岁也只抵得人间的四十春秋，这样浪费时间无裨实际的生活，殊不值得费尽了心机去求得他；倘若二百万年后劫波到来，就此溘然，将被五十岁的凡夫所笑。较好一点的还是那西方凤鸟（Phoinix）的办法，活上五百年，便尔蜕去，化为幼凤，这样的轮回倒很好玩的，——可惜他们是只此一家，别人不能仿作。大约我们还只好在这被容许的时光中，就这平凡的境地中，寻得些须的安闲悦乐，即是无上幸福：至于“死后，如何?”的问题，乃是神秘派诗人的领域，我们平凡人对于成仙做鬼都不关心，于此自然就没有什么兴趣了。

（十三年十二月）

死法

“人皆有死”，这句格言大约是确实的，因为我们没有见过不死的人，虽然在书本上曾经讲过有这些东西，或称仙人，或是“尸忒卢耳不卢格”（Strulbrug），这都没有多大关系。不过我们既然没有亲眼见过，北京学府中静坐道友又都剩下蒲团下山去了，不肯给予凡人以目击飞升的机会，截至本稿上板时止本人遂不能不暂且承认上述的那句格言，以死为生活之最末后的一部分，犹之乎恋爱是中间的一部分，——自然，这两者有时并在一处的也有，不过这仍然不会打破那个原则，假如我们不相信死后还有恋爱生活。总之，死既是各人都有分的，那么其法亦可得而谈谈了。

统计世间死法共有两大类，一曰“寿终正寝”，二曰“死于非命”。寿终的里面又可以分为三部。一是老熟，即俗云灯尽油干，大抵都是“喜丧”，因为这种终法非八九十岁的老太爷老太太莫办，而佢们此时必已四世同堂，一家里拥上一两百个大大小小男男女女，实在有点住不开了，所以佢的出缺自然是很欢送的。二是猝毙，某一部机关发生故障，突然停止进行，正如钟表之断了发条，实在与磕破天灵盖没有多大差别，不过因为这是属于内科的，便是在外面看不出痕迹，故而也列入正寝之部了。三是病故，说起来似乎很是和善，实际多是那“秒生”（Bacteria）先生作的怪，用了种种凶恶的手段，谋害“蚁命”，快的一两天还算是慈悲，有些简直是长期的拷打，与“东厂”不相上下，那真是厉害极了。总算起来，一二都倒还没有什么，但是长寿非可幸求，希望心脏麻痹又与求仙之难无异，大多数人的运命还只是轮到病故，揆诸吾人避苦求乐之意实属大相径庭，所以欲得好的死法，我们不得不离开了寿终而求诸死于非命了。

非命的好处便是在于他的突然，前一刻钟明明是还活着的，后一刻钟就直挺地死掉了，即使有苦痛（我是不大相信）也只有这一刻，这是他的独门的好处。不过这也不能一概而论。十字架据说是罗马处置奴隶的刑具，把他钉在架子上，让他活活地饿死或倦死，约莫可以支撑过几天；荼毗是中世纪卫道的人对付异端的，不但当时烤得难过，随后还剩下些零星末屑，都觉得不很好。车边斤原是很爽利，是外国贵族的特权，也是中国好汉所欢迎的，但是孤另另的头像是一个西瓜，或是“柚子”，如一位友人在长沙所见，似乎不大雅观，因为一个人的身体太走了样了。吞金喝盐卤呢，都不免有点妇女子气，吃鸦片烟又太有损名誉了，被人叫做烟鬼，即使生前并不曾“与芙蓉城主结不解缘”。怀沙自沉，前有屈大夫，后有……，倒是颇有英气的，只恐怕泡得太久，却又不为鱼鳖所亲，像治咳嗽的“胖大海”似的，殊少风趣。吊死据说是很舒服（注意：这只是据说，真假如何我不能保证），有岛武郎与波多野秋子便是这样死的，有一个日本文人曾经半当真半取笑地主张，大家要自尽应当都用这个方法，可是据我看来也有很大的毛病。什么书上说有缢鬼降乩题诗云：

目如鱼眼四时开，身若悬旌终日挂。

（记不清了，待考；仿佛是这两句，实在太不高明，恐防是不第秀才做的。）又听说英国古时盗贼处刑，便让他挂在架上，有时风吹着骨节珊珊作响（这些话自然也未可尽信，因为盗贼不会都是锁子骨，然而“听说”如此，我也不好一定硬反对），虽然有点唐珊尼爵士（Lord Dunsany）小说的风味，总似乎过于怪异——过火一点。想来想去都不大好，于是乎最后想到枪毙。枪毙，这在现代文明里总可以算是最理想的死法了。他实在同丈八蛇矛嚓喇一下子是一样，不过更文明了，便是说更便利了，不必是张翼德也会使用，而且使用得那样地广和多！在身体上钻一个窟窿[①]，把里面的机关搅坏一点，流出些蒲公英的白汁似的红水，这件事就完了：你看多么简单。简单就是安乐，这比什么病都好得多了。三月十八日中法大学生胡锡爵君在执政府被害，学校里开追悼会的时候，我送去一副对联，文曰：

什么世界，还讲爱国？

如此死法，抵得成仙！

这末一联实在是我衷心的颂辞。倘若说美中不足，便是弹子太大，掀去了一块皮肉，稍为触目，如能发明一种打鸟用的铁砂似的东西，穿过去好像是一支粗铜丝的痕，那就更美满了。

我想这种发明大约不会很难很费时日，到得成功的时候，喝酸牛奶的梅契尼柯夫（Metchinikoff）医生所说的人的“死欲”一定也已发达，那么那时真可以说是“合之则双美”了。

【锺校】

①“窿”原作“陇”。

我写这篇文章或者有点受了正冈子规的俳文《死后》的暗示，但这里边的话和意思都是我自己的。又上文所说有些是玩话，有些不是，合并声明。

（十五年五月）

【案】 所说俳文《死后》已由张凤举先生译出，登在《沉钟》第六期上。

（十六年八月编校时再记）

碰伤

我从前曾有一种计划，想做一身钢甲，甲上都是尖刺，刺的长短依照猛兽最长的牙更加长二寸。穿了这甲，便可以到深山大泽里自在游行，不怕野兽的侵害。他们如来攻击，只消同毛栗或刺猬般的缩着不动，他们就无可奈何，我不必动手，使他们自己都负伤而去。

佛经里说蛇有几种毒，最利害的是见毒，看见了他的人便被毒死。清初周安士先生注《阴骘文》，说孙叔敖打杀的两头蛇，大约即是一种见毒的蛇，因为孙叔敖说见了两头蛇所以要死了。（其实两头蛇或者同猫头鹰一样，只是凶兆的动物罢了。）但是他后来又说，现在湖南还有这种蛇，不过已经完全不毒了。

我小的时候，看《唐代丛书》里的《剑侠传》，觉得很是害怕。剑侠都是修炼得道的人，但脾气很是不好，动不动便以飞剑取人头于百步之外。还有剑仙，那更利害了，他的剑飞在空中，只如一道白光，能追赶几十里路，必须见血方才罢休。我当时心里祈求不要遇见剑侠，生恐一不小心得罪他们。

近日报上说有教职员学生在新华门外碰伤，大家都称咄咄怪事，但从我这浪漫派的人看来，一点都不足为奇。在现今的世界上，什么事都能有。我因此连带的想起上边所记的三件事，觉得碰伤实在是情理中所能有的事。对于不相信我的浪漫说的人，我别有事实上的例证举出来给他们看。

三四年前，浦口下关间渡客一只小轮，碰在停泊江心的中国军舰的头上，立刻沉没，据说旅客一个都不失少。（大约上船[1]时曾经点名报数，有账可查的。）过了一两年后，一只招商局的轮船，又在长江中碰在当时国务总理所坐的军舰的头上，随即沉没，死了若干没有价值的人。年月与两方面的船名，死者的人数，我都不记得了，只记得上海开追悼会的时候，有一副挽联道：

未必同舟皆敌国，不图吾辈亦清流。

因此可以知道，碰伤在中国实是常有的事。至于完全责任，当然由被碰的去负担。譬如我穿着有刺钢

【锺校】

① 此处原衍“的”字，已删。

甲，或是见毒的蛇，或是剑仙，有人来触，或看，或得罪了我，那时他们负了伤，岂能说是我的不好呢？又譬如火可以照暗，可以煮饮食，但有时如不吹熄，又能烧屋伤人，小孩们不知道这些方便，伸手到火边去，烫了一下，这当然是小孩之过了。

听说，这次碰伤的缘故由于请愿。我不忍再责备被碰的诸君，但我总觉得这办法是错的。请愿的事，只有在现今的立宪国里，还暂时勉强应用，其馀的地方都不通用的了。例如俄国，在一千九百零几年，曾因此而有军警在冬宫前开炮之举，碰的更利害了，但他们也就从此不再请愿了。……我希望中国请愿也从此停止，各自去努力罢。

（十年六月，在西山）

前门遇马队记

中华民国八年六月五日下午三时后，我从北池子往南走，想出前门买点什物。走到宗人府夹道，看见行人非常的多，我就觉得有点古怪。到了警察厅前面，两旁的步道都挤满了，马路中间立站许多军警。再往前看，见有几队穿长衫的少年，每队里有一张国旗，站在街心，周围也都是军警。我还想上前，就被几个兵拦住。人家提起兵来，便觉很害怕。但我想兵和我同是一样的中国人，有什么可怕呢？那几位兵士果然很和气，说请你不要再上前去。我对他说："那班人都是我们中国的公民，又没有拿着武器，我走过去有什么危险呢？"他说："你别要见怪，我们也是没法，请你略候一候，就可以过去了。"

我听了也便安心站着，却不料忽听得一声怪叫，说道什么"往北走！"后面就是一阵铁蹄声，我仿佛见我的右肩旁边，撞到了一个黄的马头。那时大家发了慌，一齐向北直奔，后面还听得一阵马蹄声和怪叫。等到觉得危险已过，立定看时，已经在“履中”两个字的牌楼底下了。我定一定神，再计算出前门的方法，不知如何是好，须得向那里走才免得被马队冲散。于是便去请教那站岗的警察，他很和善的指导我，教我从天安门往南走，穿过中华门，可以安全出去。我谢了他，便照他指导的走去，果然毫无危险。

我在甬道上走着，一面想着，照我今天遇到的情形，那兵警都待我很好，确是本国人的样子，只有那一队马煞是可怕。那马是无知的畜生，他自然直冲过来，不知道什么是共和，什么是法律。但我仿佛记得那马上似乎也骑着人，当然是个兵士或警察了。那些人虽然骑在马上，也应该还有自己的思想和主意，何至任凭马匹来践踏我们自己的人呢？我当时理应不要逃走，该去和马上的“人”说话，谅他也一定很和善，懂得道理，能够保护我们。我很懊悔没有这样做，被马吓慌了，只顾逃命，把我衣袋里的十几个铜元都掉了。想到这里，不觉已经到了天安门外第三十九个帐篷的面前，要再回过去和他们说，也来不及了。

晚上坐在家里，回想下午的事，似乎又气又喜。气的是自己没用，不和骑马的人说话；喜的是侥幸没有被马踏坏，也是一件幸事。于是提起笔来，写这一篇，做个纪念。从前中国文人遇到一番危险，事后往往做一篇“思痛记”或“虎口馀生记”之类。我这一回虽然算不得什么了不得的大事，但在我却是初次。

我从前在外国走路，也不曾受过兵警的呵叱驱逐，至于性命交关的追赶，更是没有遇着。如今在本国的首都，却吃了这一大惊吓，真是“出人意表之外”，所以不免大惊小怪，写了这许多话。

可是我决不悔此一行，因为这一回所得的教训与觉悟比所受的侮辱更大。

论居丧[①]

［希腊］ 路吉亚诺思　著

一般人在居丧时候的行为，他的言语，以及别人安慰他的话，在好奇的观察者都是值得注意的事。丧主以为这是一个可怕的打击落在他自己和死者的身上，其实是相反（这里我呼冥王夫妇为证），那死者不但是无可悲叹，或者倒是得了更好的境遇。丧家的感情实际上是全受着风俗习惯的指导。在这时候的仪注——不，但是让我先来一说民间关于死这件事的信仰，随后再看那些造成繁重礼节之动机，我们就不难明白了。

那些凡人（如哲学家称呼那一般人们）拿荷马、赫西阿特等诗人的故事当作教科书，深信地下有一深的窟窿，叫做冥土，广大阴暗，没有太阳，但很神秘地有点明亮，一切事物都可以看得清楚。冥土的王是大神宙斯

【锺校】

① 古希腊路吉亚诺思（卢奇安）原作，据 Fowler 氏英译本。译者晚年又据希腊原本重译一过，题作《关于丧事》，为《卢奇安对话集》第十四篇。

的一个兄弟，名曰富老（Pluton），这个名字，据一位能干的言语学家告诉我，含有颂扬他的阴财的意思。至于他的管辖的性质①，他的人民的情况，据说他是统治死者一切，自他们归他支配以后，永远不能解脱，死者无论如何不准回到世上，自从天地开辟只有过二三例外，而这又是有特别紧要的理由才能办到。他的领土周围为大河所环绕，这些河名听了就叫人害怕，如哭河，火焰河等。其中最为可怕，第一妨碍来人的前进的，是那苦河，如不用渡船是无人渡得过的，要徒涉是太深，要游泳是太宽，便是死鸟也是不能飞渡。在那边渡头，有一座金刚石门，冥王的侄儿哀亚珂思站在那里看守。

在他旁边是一匹三个头的狗，凶狠的畜生，可是对于新来的很是和善，它只是叫或咬那想要逃走的人。河的那边是一片草原，生着水仙花，在那里又有一座泉水，专与记忆作对，因此叫做忘泉。这些详细的记录，古人一定是从这些人得来的罢，便是忒萨利亚王后亚耳该斯谛思和她的同乡布洛忒西劳思，哀格思的儿子忒修思，还有《阿迭绥亚》史诗的主人公。这些见证（他们的证明是应得我们恭敬地承受的）据我想大概都没有喝那忘泉的水，因为否则他们是不会记得的。照他们所说，最

【锺校】

①"质"原作"资"。

高的主权完全是在冥王夫妇的手里，但是他们也有下属，帮助治理，有如报应，苦痛，恐怖等诸神，又有赫耳美思，虽然他不常在那里伺候。司法权是交给两位总督，米诺思和拉达曼都思，都是克来忒岛人，也都是宙斯的儿子。他们打发那些善良正直的，遵守道德的人，成群地到往者原去殖民，在那里享受全福的生活。恶人呢，便都交付报应神，率引到恶人的地方，照着他的罪过去受适当的刑罚。那里有多少不同的苦刑呀！天平架，火，以及切齿的大鹰，伊克西恩在这里挂在轮子上转，西舒福思在那里滚着他的石头。我也并不忘记丹泰洛思，但是他站在别处，站在河的贴边，却是干枯的几乎是要口渴死了，那个可怜的家伙。在冥间还有那许多中等的鬼魂，他们在草原上游行，没有形体的阴影，像烟似地捉摸不着。他们的营养似乎专靠我们在墓上所供献的奠酒和祭品，因此假如在世上没有亲戚朋友活着，那么这鬼在阴间只好饿着肚子过这一世了。[①]

【原注】

① 伊克西恩本是国王，宙斯招他到天上去，却不想引诱他的皇后，被罚到阴间缚在车轮上永久转着。西舒福思是很狡狯的英雄，他把死神捆在家里，又欺骗冥王逃回阳间，死后令转石上山，好容易辛辛苦苦地办到了，石头又滚下山去，还得重转。丹泰洛思是宙斯的儿子，作恶多端，杀了自己的儿子，煮给众神去吃，试探他们，后来罚站河边却喝不到水，头上有很好吃的果子，伸手取时又复远去。

一般人民平常听了这些教训，感受极深，所以在一个人死了的时候，他的亲属第一件事是放一个铜元在他嘴里，好叫他拿去付那渡船钱，他们也并不想一想本地流通的是什么钱，长亚迭加，马其顿，还是哀吉亚钱呢？他们也不想到，假如拿不出渡船钱，在死者岂不更好，因为那么舟夫便不肯渡他，他就将被打发回阳间来了。他们恐怕苦河的水不适于鬼魂化装之用，把尸首洗过了，搽上最好的香料以防止腐蚀，戴上鲜花，穿上美服，摆列出去，这末了显然是一种预防，是使死者在路上不要受凉呢，或是不要光着身子去见那三头的狗罢。随后是哭泣了。女人们大声叫喊，男女同样地哭，捶胸，拔头发，抓面颊，在这时候衣服也或撕破，尘土撒在头上。这样，生存的人弄得比死者的情形要更为可怜，在他们大抵都在地上打滚碰头的时候，他一个人却阔气地穿着衣，光荣地戴着花圈，从容地躺在高高的灵床上，好像是装饰了要去迎会似的。那母亲——不，这是父亲，或者像一点也未可知，——从亲属中间迈步上前，倒在灵床上（为增加戏剧的效力起见，我们假定这灵床上的主者是年少而且美貌），叫喊出乱七八糟的没有意义的声音，只是死尸不会说话，否则它也一定有什么回答的话要说罢。父亲随后说，个个字都悲哀的着力地说，他的儿子，他所爱的儿子，现在是没有了，他是去了，在他大限未到以前被拉去了，只剩下他老人家来悲悼他。他未曾娶妻，未曾生子，未曾到过战场，未曾扶过犁耙，未曾到得老年，他现在再也不能享乐，再也不能知道恋爱的欢娱，鸣呼，再也不能同朋友在席上喝得醉醺醺了。云云，云云。他猜想他的儿子还想要这些东西，可是终想不到手了。但这也没有什么，我们知道时时有人拿了马，妾和书童，到坟上去杀掉，拿了衣服和别的装饰去烧或埋葬，意思是叫死者在冥间可以享用这些东西。且说那苦痛的老年人发表我上边所拟的哀词，或者同类的另外的话，据我想来，似乎并不是要说给他的儿子听（他的儿子是不会听见他的，即使他比斯登多耳[①]还喊得响），又不是为他自己，因为他完全知道自己的感情，无须再嚷一遍到自己的耳朵里去。

自然的结论是，这个玩意儿是要给看客们看的。他在此时一直就没有知道他儿子是在那里，情况怎样，也并不能对于人生略加思索，因为不然他就不会不明白，人的丧失生命并不是那样的了不得的一件事

【原注】

① 斯登多耳是古英雄，声音洪大，在希腊出征忒罗亚军中为传令官。

了。让我们想像那儿子对判官冥王告了假，到阳世来窥望一下，来阻止这些老人的唠叨罢。他将要说道：

老爹，得了罢，这样的嚷嚷是干什么？你把我嗓昏了。拔头发抓脸都尽够了。你叫我是可怜的人，你实在是侮辱了一个比你更快乐更有运气的人了。你为什么这样地替我伤心？难道因为我没有像你一样，不是一个秃头，驼背，皱皮的老废物么？因为我没有活到变成老丑，没有看见过一千个月亮的圆缺，临了去到众人面前献丑么？你能够指出人生有那一点好处，是我们在阴间所缺少的么？我知道你所要说的话，衣服，好饭食，酒和女人，你以为没有这些在我一定是极不舒服的。你现在知道了么，没有饥渴是比酒肉还要好，不觉得冷是胜于许多衣服？来，我看你还需要指点，我教你这是应该怎样哭的。从新哭过罢，这样。啊，我的儿子！饥渴寒冷现在已经没有他的份了！他是去了，去到疾病的权力以外，他不再怕那热病，也不再怕仇人和暴君了。我的儿子，恋爱不能再来扰乱你的平安，损害你的健康，侵略你的钱袋了，啊，这真是大变呀！你也不会再到那可厌的老年，也不会再做你后辈的眼中钉了！——

你说罢，我的哀词岂不胜过你的，在真实和荒唐这两件上岂不都比你强么。

或者你所挂念的是地下的那漆黑的暗罢？是这个使你不安么？是你怕我封在棺材里要闷死么？

你要知道，我的眼睛不久就要腐烂，或者(如你喜欢这样办)就要被火烧掉了，此后我不会看得出光明或黑暗了。这个就可以这样算了罢。但是，现在看来这些哀悼，这吹箫呀，槌胸呀，这许多无谓的叫喊呀，于我都有什么好处呢？我又要我坟上挂鲜花的圆柱什么用？你到这上面去奠酒，你想这有什么意思，你希望这酒一直滤过去沁到冥间么？至于祭品，你一定看得出，所有的滋养料都变成烟冲上天去，我们鬼魂还是依然故我，馀下来的乃是灰土，是无用的。难道你的学说是，鬼是贪吃灰的么？冥王的国土并不是那样荒芜，我们的水仙也不怎么缺乏，至于要来请求你接济粮食。因为这些寿衣和毡包，我的两腭已被结实地兜住了，否则，凭了报施音①的名字，我听了你所说的话，看了你所做的

【原注】

① 报应女神之一。

事，早就忍不住大笑起来了。

“说到这句，死神永久封了他的嘴唇了。”

我们所说，这位死尸，斜靠躺着，用一只胳膊支住身子，这样地说。我们能够疑心他所说的不对么？可是那些傻子，自己闹得不够，还要去招专门的助手来，那是一个哀悼的艺术家，有一大堆的现成的悲伤放在手头，于是就充作这愚蠢的歌咏队的指导，供给他们哀词的题旨。这样可见人都是相像的傻子。但是在这地方，民族的特质显露出来了。希腊人焚烧他们的死人，波斯人用埋葬，印度人用釉漆，斯屈提亚人吃在肚里，埃及人做成木乃伊。在埃及，死尸好好地风干之后，仍请他坐在食桌前面，我亲自看见过，而且这也是一件很平常的事情，假如埃及人想救济自己的经济困难，便可以带了他已故的兄弟或父亲到当铺里去走一趟。三角塔，坟山，圆柱，上加短命的铭词，都是显而易见的儿戏似的无用的东西。有些人却更进一步，想对那冥间的判官替死者说情，或是证明他的功业，便举行那葬时的竞技，建立颂扬的墓碑。最后的荒唐事是回丧饭，那时到场的亲戚努力安慰那父母，劝他们吃饭，他们呢，天知道，三天的斋戒已经几乎饿坏了，本来是很愿意顺从的了。一个客人说道：“这要拖延多久呢？你让那去世的圣灵平安休息罢。假如你要悲悼，你也得吃饭才好，使得你的力气抵得过你的悲伤。”在这个当儿，便会有一对荷马的诗句，在席上传诵过去，譬如——

就是美发的尼阿倍也不忘记吃食。①

还有——

亚伽亚人不把断食来哀悼他们的死者。

父母听从了劝告，虽然他们最初动手吃食似乎有点害羞，他们不愿意被人家说，丧了子女之后他们还是这样为肉体的需要所束缚。

以上是丧家所行的荒唐事之一斑，因为我不能列举这些事情的一切。这都从凡人的误解发生，以为死是人所能遭遇的最坏的一件事。

【附记】 路吉亚诺思（Lukianos）生于二世纪时，本叙利亚人，在希腊罗马讲学，用希腊语作讽刺文甚多。我曾译过一篇《冥土旅行》，又《娼女问答》三篇收在《陀螺》中。原本我只有《信史》等数篇，今均据奥斯福大学英译本译出。关于此篇，福娄氏（Fowler）序文中曾云：

【原注】

① 尼阿倍因子女众多美妙，自夸胜于神母，诸子女悉为亚颇隆所射死，尼阿倍悲伤化为石。

这不必否认，他有点缺乏情感，在他分析的性情上是无足怪的，却也并不怎么不愉快。他是一种坚硬而漂亮的智慧，但没有情分。他恬然地使用他的解剖刀，有时候真带着些野蛮的快乐。在《论居丧》这一篇里，他无慈悲地把家庭感情上的幕都撕碎了。

是的，路吉亚诺思的讽刺往往是无慈悲的，有时恶辣地直刺到人家心坎里。但是我们怎么能恨他。他是那么明智地，又可说那么好意地这样做，而我们又实在值得他那样的鞭挞。正如被斯威夫德骂为耶呼（Yahoo），我们还只得洗耳恭听。这虽然或者有点被虐狂的嫌疑，我们鞭挞自己的死尸觉得还是一件痛快事，至少可以当作这荒谬万分的人类的百分之一的辩解。

（下略）

（十九年三月十五日，于北平）

《希腊神话》引言

[英]哈利孙女士　原著

诗人席烈（Shelley）曾说过最可记念的话："我们都是希腊人，我们的法律，我们的宗教，我们的艺术，都在希腊生根的。"这是真的，但是有一个大的减折。我们的宗教不是生根于希腊的；这从东方来传给我们，虽然在这上面西方以及希腊的精神也很有影响。希腊触着什么东西，都使他变化。所以我们的宗教虽是东方的，却欠了希腊一笔深厚而永久的债，要计算这一笔债，便是现在放在我们面前的这愉快的工作。

但是我们第一要明白，我们的题目，不是希腊罗马的宗教，而是希腊罗马的神话。各种宗教都有两种分子，仪式与神话。第一是关于他的宗教上一个人之所作为，即他的仪式；其次是一个人之所思索及想像，即他的神话，或者如我们愿意这样叫，即他的神学。但是他的作为与思索，却同样地因了他的感觉及欲求而形成的。心理学告诉我们，——我们这里最好是引柳巴（Leuba）教授的话，——意识生活的单位不单是思想，不是感情，不是意志，但是“三者一致对于同一目的而行动”，不过这还须首先明白，意志是属于第一位的。“意识生活是常向着或物，想即刻或最后去得到或免避的。”宗教也只是这意识生活的活动之某一形式罢了。宗教的冲动，单只向着一个目的，即生命之保存与发展。宗教用两种方法去达到这个目的，一是消极的，除去一切于生命有害的东西，一是积极的，招进一切于生命有利的东西。全世界的宗教仪式不出这两种，一是驱除的，一是招纳的。饥饿与无子是人生的最重要的敌人，这个他要设法驱逐他。食物与多子是他最大的幸福。希伯来语的“福”字原意即云好吃。食物与多子这是他所想要招进来的。冬天他赶出去，春夏他迎进来。

这个原始宗教的活动，这些驱除或招纳的仪式，这个“求生的意志”之各种表现，是全世界如此的；希腊罗马人也有之，正与印第安红人及南海岛民一样。那么在希腊罗马有什么是他特别的呢？我们的负债在那里呢？这就引我们到宗教的别一面，即神话那边去了。

人在那里行仪式，实行驱除或招纳之礼的时候，他一面也在思索或想像着；在他心里，起来一种影象，无论怎样朦胧，一种心中的图象表示他的所作为所感觉的东西。这样的影象怎么起来的呢？在这里心理学跑进来帮助我们了。

人是一个影象制造者，但这正是人类的特权。在大多数的动物都依了所谓本能行事，他们的行动是机械地直跟着知觉发生，几乎化学作用似的那样迅速与确实。人类的神经系统却更为复杂了，知觉并不立刻变为行动，其间似有可容选择的馀暇。正在这知觉与反应中间之刹那的停顿时期，我们的影象，即我们的想像，观念，实际上我们的全个心的生活，才建立起来。我们并不立刻反应，即我们并不立刻得到所需要的东西，所以我们先独自描画我们的需要，我们创造出一个影象。倘若反应是即刻发生的，我们便不会有影象，没有再现，没有艺术，也没有神学。影象之清楚活现与否，当视影象制造者之天分而异。在有些人，影象是模胡，错乱，平淡的，在别人则或是清晰，活现，有力。这是希腊人的极大天才，与罗马人截然不同的，便是他们是影象制造者，即 Iconists（造象者）。在希腊神话里我们供奉着那世上绝无仅有的最有天才的民族所造的影象，而这些影象也就是那民族的未得满足的欲望之结果与反映。

几十年以前，大家普通都拿罗马的名字去叫希腊诸神。我们叫雅典那（Athena）为密涅发（Minerva），爱罗思（Eros）为邱匹德（Cupid），坡塞同（Poseidon）为涅普条因（Neptune）。这个不好的习惯幸而现在渐已消灭了。我们现在知道，在罗马人从希腊借去神话以前，他们是没有什么严密意义的所谓“神”的。他们有渺茫的非人格的鬼物似的东西，他们并不称之曰诸神（Dei），只称之曰诸威力（Numina）。罗马人照严密意义说来决不是造象者，他们民族的天才不在这里；他们并不人格化，不创造出人格，因此他们不能讲关于个人的故事，不能创作“神史”；他们没有什么或竟没有神话。

罗马的“威力”是没有人的特性的。他没有性别，至少他的性别是无定的。这是怎么随便，只须参考古时的祈祷文，便可明了，文中说祷告于精灵“无论是男是女”（Sive mas sive femina）。这些渺茫的精灵或“威力”与特别地点相关，为人所敬畏，近于恐怖而非爱慕。他的分类是并不依据性格而以他的职务为准，这个工作的范围又精细地规定，他职司管辖某处地点及人间的某种活动，这“威力”数目众多几乎与活动种类之多一样。譬如有古尼那（Cunina），专看守小儿的摇篮，厄杜利亚（Edulia）与坡提那（Potina）教他吃和喝，斯泰提利奴思（Statilinus）教他站立，等等。实在那“威力”不过是一种活动的影象，他决不是一个人格，虽然他或者是人格化的初步。

即使那些“威力”是超人间的，在管辖罗马人的生活，能引起敬畏与依赖的意思，他们却总不是人性的，也不是人形的，在诗歌与雕刻上也没有过人形化的表示。伐耳罗（Varro）告诉我们，——我们没有更好的文献了，——“一百七十年来（基督前七五三年罗马建都之日起计算）罗马人祀神不用偶像”。他又说，——他这批评，很奇怪地偏于一面，而且是彻底地罗马式的：“那些将图象介绍到国内来的人，除去了恐怖而拿进了虚伪来了。”希腊人从宗教上拿去了恐怖，这确实是他们的极大的功绩。在纯粹讲实际的人看来，造象者往往容易成为一个说诳者。

希腊人自己也有点明白，他们是造象者。有一个伟大的希腊人曾经用了简单的言语告诉我们，影象是怎么造成的，谁是影象制造者。赫洛陀多思（Herodotos）留下这一番话来，他在外国旅行，特别是到过了埃及，有所感触，遂回想到本国宗教的特质。他说（卷二之五三）：

关于各个神道之起源，是否他们从头便已存在，他们各个的形状如何，这些知识实在还只是近日的事。我想诃美洛思（Homeros）与赫西阿陀思（Hesiodos）去我们才四百年，这正是他们初为希腊人编著诸神的世系，给予诸神的称号，规定各个的管辖及其权力，记述各个的形状。

赫洛陀多思不知道，也不能知道，诸神乃是人间欲望之表白，因了驱除与招纳之仪式而投射出来的结果。他所知道的是，多谢他的比较研究，希腊诸神比较地晚出，在这些有人格的完成的诸神之前，尚有更古的时期，其神与希腊所谓神者迥不相同，没有明白的人格以及特别的品性与行述，但只是茫漠无名的精灵，与罗马的“威力”仿佛。他知道在诃美洛思时代以前曾有别一民族住在希腊，他们的神，倘若这可以称为神，与诃美洛思所说的截不相同。赫洛陀多思说：“昔时贝拉思戈人祀神，呼而告之。但他们不给神以称号，亦无名字。”

原始的贝拉思戈人与更有文化的希腊人一样，崇拜一种神明，他们祭祀，有仪式。但是对着什么祭祀呢，他们没有明白的观念。他们的神未曾分化，没有人形，他们没有专名，如宙斯（Zeus）或雅典那，而且也没有表德的称号如“大震神”或“黑眼神女”，他们不是人而是物或力。比较宗教学指示给我们看，正如赫洛陀多思最初对于希腊的观察一样，到处都是如此，直到较迟的时代，人才对于其所崇拜之物给予完全的人格。人格是与兽形或人形之给予同时发生的。在人形化（Anthropomorphism）及兽形化（Theriomorphism）之前，我们别有一个精气信仰（Animism）的时代，那时的神是一种无所不在的不可捉摸的力。到了人把他规定地点，给予定形，与他发生确定的关系的时候，这才变成真的神了。只在他们从威力变成个人的时候，他们才能有一部神话。

造成完全的人格化的原因我们此刻且不多谈，在我们研究各神的时候有些原因将要说及。现在所应注意的乃是只有一个神成了正确的神，即个人时，这才能造成行述，即神史。我们的工作是关于神话。贝拉思戈人的神是非人格的，他们没有神史；罗马的“威力”也是如此。他们是非人格的，也没有神史。所谓罗马神话，即阿微丢思（Ovidius）所传之神话，实在只是希腊神话搬运过来，转变成罗马的形式罢了。我们对于罗马神话的负债即可承认并且清偿了，因为这实际上是等于没有。若与罗马的仪式来一对照，罗马的神话是并不存在的。

罗马人很富于宗教心，很感到他们对于不可见之力的依赖；但他们不是造象者，影象制造者，神话家，直到后来很迟，且受了希腊的影响，才有神话。

他们民族的天分与这件事是不相容的。

赫洛陀多思说："诸神是诃美洛思与赫西阿陀思所编造的。"诗人给予他们称号，特殊的权力，以及形状。在赫洛陀多思看来，诃美洛思是一个人；在我们看来，诃美洛思是史诗传统的全体，诗人之民族即古代希腊人的传统的书。希腊民族不是受祭司支配而是受诗人支配的，照"诗人"（Poetes）这字的原义，这确是"造作者"，艺术家的民族。他们与别的民族同样地用了宗教的原料起手，对于不可见的力之恐怖，护符的崇拜，未满足的欲望等；从这些朦胧粗糙的材料，他们却造出他们的神人来，如赫耳美思（Hermes），坡塞同，台美退耳（Demeter），赫拉（Hera），雅典那，亚孚罗迭谛（Aphrodite），亚耳台米思（Artemis），亚坡隆（Apollon），提阿女梭思（Dionysos），宙斯。

这已是一年前的事了，我译了哈利孙（Jane Harrison）女士的《希腊神话》第三章的一节，题名曰《论鬼脸》，登在第四十二期的《语丝》上。译文末尾附有说明，其中有这几句话："原书在一九二四年出版，为'我们对于希腊罗马的负债'（*Our debt to Greece and Rome*）丛书的第二十六编。哈利孙女士生于一八五〇年，是有名的希腊学者，著有《希腊宗教研究序论》《古代艺术与仪式》等书多种。这本《希腊神话》，虽只是一册百五十页的小书，却说的很得要领，因为他不讲故事，只解说诸神[①]的起源及其变迁，是神话学而非神话集的性质，于了解神话上极有用处。”

这是我的爱读书之一，这篇引言，我久想翻译，但是因循未果，只抄译了讲鬼脸的一节，不觉荏苒又是一年多了。今日天热无聊，听不知何处的炮声如雷，不无枨触，姑译此消遣，比自己作文或较不费力，虽然或者有地方也未始不更费力。内容不知是否稍欠通俗，不过据我的偏见，这些也是常识的一部分，我们常人所应知道一点的。译文急就，恐有错误处，容日后再行校正。

民国十五年八月二日灯下，记于北京西北城。

【锺校】

①“神”原作“经”。

谜语

民间歌谣中有一种谜语，用韵语隐射事物，儿童以及乡民多喜互猜，以角胜负。近人著《棣萼室谈虎》曾有说及云：“童时喜以用物为谜，因其浅近易猜，而村妪牧竖恒有传述之作，互相夸炫，词虽鄙俚，亦间有足取者。”但他也未曾将他们著录。

故人陈懋棠君为小学教师，在八年前，曾为我抄集越中小儿所说的谜语，共百七十馀则；近来又见常维钧君所辑的北京谜语，有四百则以上，要算是最大的搜集了。

谜语之中，除寻常事物谜之外，还有字谜与难问等，也是同一种类。他们在文艺上是属于赋（叙事诗）的一类，因为叙事咏物说理原是赋的三方面，但是原始的制作，常具有丰富的想象，新鲜的感觉，醇璞而奇妙的联想与滑稽，所以多含诗的趣味，与后来文人的灯谜专以纤巧与双关及暗射见长者不同：谜语是原始的诗，灯谜却只是文章工场里的细工罢了。在儿童教育上谜语也有其相当的价值，一九一三年我在地方杂志上做过一篇《儿歌之研究》，关于谜语曾说过这几句话：

> 谜语体物入微，情思奇巧，幼儿知识初启，考索推寻，足以开发其心思。且所述皆习见事物，象形疏状，深切著明，在幼稚时代，不啻一部天物志疏，言其效用，殆可比于近世所提倡之自然研究欤？

在现代各国，谜语不过作为老妪小儿消遣之用，但在古代原始社会里却更有重大的意义。说到谜语，大抵最先想起的，便是希腊神话里的肿足王（Oidipos）的故事。人头狮身的斯芬克思（Sphinx）伏在路旁，叫路过的人猜谜，猜不着者便被他弄死。

他的谜是“早晨用四只脚，中午两只脚，傍晚三只脚走的是什么？”肿足王答说这是一个人，因为幼时匍匐，老年用拐杖。斯芬克思见谜被猜着，便投身岩下把自己碰死了。《旧约》里也有两件事，参孙的谜被猜出而失败（《士师记》），所罗门王能答示巴女王的问，得到赞美与厚赠（《列王纪》上）。其次在伊思阑古书《呃达》里有两篇诗，说伐夫忒路特尼耳（Vafthrudnir）给阿廷（Odin）大神猜谜，都被猜破，因此为他所克服，又亚耳微思（Alvis）因为猜不出妥耳（Thorr）的谜，也就失败，不能得妥耳的女儿为妻。在别一篇传说里，亚斯劳格（Aslaug）受王的试验，叫她到他那里去，须是穿衣而仍是裸体，带着同伴却仍是单身，吃了却仍是空肚；她便散发覆体，牵着狗，嚼着一片蒜叶，到王那里，遂被赏识，立为王后：这正与上边的两件相反，是因为有解答难题的智慧而成功的例。

英国的民间叙事歌中间，也有许多谜歌及抗答歌（Flytings）。《猜谜的武士》里的季女因为能够解答比海更深的是什么，所以为武士所选取。别一篇说死人重来，叫他的恋人同去，或者能做几件难事，可以放免。他叫她去从地洞里取火，从石头绞出水，从没有婴孩的处女的胸前挤出乳汁来；她用火石开火，握冰柱使融化，又折断蒲公英挤出白汁，总算完成了她的工作。《妖精武士》里的主人公设了若干难问，却被女人提出更难的题目，反被克服，只能放她自由，独自逃回地下去了。

中国古史上曾说齐威王之时喜隐，淳于髡说之以隐（《史记》），又齐无盐女亦以隐见宣王（《新序》），可以算是谜语成功的记录。小说戏剧中这类的例也常遇见，如《今古奇观》里的《李谪仙醉草吓蛮书》，那是解答难题的变相。朝鲜传说，在新罗时代（中国唐代）中国将一只白玉箱送去，叫他们猜箱中是什么东西，借此试探国人的能力。崔致远写了一首诗作答云："团团玉函里，半玉半黄金；夜夜知时鸟，含精未吐音。"箱中本来是个鸡卵，中途孵化，却已经死了。（据三轮环编《传说之朝鲜》）难题已被解答，中国知道朝鲜还有人才，自然便不去想侵略朝鲜了。

以上所引故事，都足以证明在人间意识上的谜语的重要：谜语解答的能否，于个人有极大的关系，生命自由与幸福之存亡往往因此而定。这奇异的事情却并非偶然的类似，其中颇有意义可以寻讨。据英国贝林戈尔特（Baring Gould）在《奇异的遗迹》中的研究，在有史前的社会里谜语大约是一种智力测量的标准，裁判人的运命的指针。古人及野蛮部落都是实行择种留良的，他们见有残废衰弱不适于人生战斗的儿童，大抵都弃舍了；这虽然是专以体质的根据，但我们推想或者也有以智力为根据的。谜语有左右人的运命的能力，可以说即是这件事的反影。这样的脑力的决斗，事实上还有正面的证明，据说十三世纪初德国曾经行过歌人的竞技，其败于猜谜答歌的人即执行死刑，十四世纪中有《华忒堡之战》（*Kriec von Wartburg*）一诗纪其事。贝林戈尔特说：

基督教的武士与夫人们能够（冷淡的）看着性命交关的比武，而且基督教的武士与夫人们在十四世纪对于不能解答谜语的人应当把他的颈子去受刽子手的刀的事，并不觉得什么奇怪。这样的思想状态，只能认作古代的一种遗迹，才可以讲得过去，——在那时候，人要生活在同类中间，须是证明他具有智力上的以及体质上的资格。

这虽然只是假说，但颇能说明许多关于谜语的疑问，于我们涉猎或采集歌谣的人也可以作参考之用，至于各国文人的谜原是游戏之作，当然在这个问题以外了。

猥亵的歌谣

民国七年本校开始征集歌谣，简章上规定入选歌谣的资格，其三是："征夫野老游女怨妇之辞，不涉淫亵而自然成趣者。"十一年发行《歌谣周刊》，改定章程，第四条寄稿人注意事项之四云："歌谣性质并无限制；即语涉迷信或猥亵者亦有研究之价值，当一并录寄，不必先由寄稿者加以甄择。"在发刊词中亦特别声明："我们希望投稿者……尽量的录寄，因为在学术上是无所谓卑猥或粗鄙的。"但是结果还是如此，这一年内我们仍旧得不到这种难得的东西。据王礼锡先生在《安福歌谣的研究》（《歌谣周刊》二二号转录）上说，家庭中传说经过了一次选择，"所以发于男女之情的，简直没有听过"。这当然也是一种原因，但我想更重要的总是由于纪录者的过于拘谨。关于这个问题现在想略加讨论，希望于歌谣采集的前途或者有一点用处。

什么是猥亵的歌谣？这个似乎简单的疑问，却并不容易简单地回答。笼统地讲一句，可以说“非习惯地说及性的事实者为猥亵”。在这范围内，包有这四个项目，即（1）私情，（2）性交，（3）支体，（4）排泄。有些学者如德国的福克斯（Fuchs），把前三者称为“色情的”，而以第四专属于“猥亵的”，以为这正与原义密合，但平常总是不分，因为普通对于排泄作用的观念也大抵带有色情的分子，并不只是污秽。这四个项目虽然容易断定，但既系事实，当然可以明言，在习惯上要怎样说才算是逾越范围，成为违碍字样呢，这一层觉得颇难速断。有些话在田野是日常谈话而绅士们以为不雅驯者，有些可以供茶馀酒后的谈笑，而不能形诸笔墨者，其标准殊不一律，现在只就文艺作品上略加检查，且看向来对于这些事情宽容到什么程度。据霭理斯说，在英国社会上，“以尾闾骨[①]为中心，以一尺六寸的半径——在美国还要长一点——画一圆圈，禁止人们说及圈内的器官，除了那打杂的胃”。在中国倘若不至于此，那就万幸了。

私情的诗，在中国文学上本来并不十分忌讳。讲一句迂阔的话，三百篇经“圣人删订”，先儒注解，

【鄢校】

①“骨”原作“尾”。

还收有许多“淫奔之诗”，尽足以堵住道学家的嘴。譬如“子不我思，岂无他人”这样话，很有非礼教的色彩，但是不曾有人非难。在后世诗词上，这种倾向也很明显，李后主的《菩萨蛮》云：

画堂南畔见，一晌偎人颤。

奴为出来难，教郎恣意怜。

欧阳修的《生查子》云：

月上柳梢头，人约黄昏后。

都是大家传诵的句，虽然因为作者的人的关系也有多少议论。中国人对于情诗似有两极端的意见：一是太不认真，以为“古人思君怀友，多托男女殷情，若诗人风刺邪淫，又代狡狂自述”；二是太认真，看见诗集标题纪及红粉丽情，便以为是“自具枷杖供招”。其实却正相反，我们可以说美人香草实是寄托私情，而幽期密约只以抒写昼梦，据近来的学术说来，这是无可疑的了。说得虚一点，仿佛很神秘的至情，说得实一点便似是粗鄙的私欲，实在根柢上还是一样，都是所谓感情的体操，并当在容许之列，所以这一类的歌词当然不应抹杀，好在社会上除了神经变质的道学家以外原没有什么反对，可以说是不成问题了。

诗歌中咏及性交者本不少见，唯多用象征的字句，如亲嘴或拥抱等，措词较为含蓄蕴藉；此类歌词大都可以归到私情项下去，一时看不出什么区别。《所罗门雅歌》第八章云：

我的良人哪，求你快来，

如羚羊或小鹿在香草山上。

《碧玉歌》的第四首云：

碧玉破瓜时，相为情颠倒。

感郎不羞郎，回身就郎抱。

都可以算作一例。至于直接描写者，在金元以后词曲中亦常有之，《南宫词纪》卷四，沈青门的“美人荐寝”，梁少白的“幽会”（风情五首之一），大约可为代表，但是源流还在《西厢》里，所以要寻这类的范本不得不推那“酬简”的一出了。散文的叙述，在小说里面很是常见，唯因为更为明显，多半遭禁。由此看来，社会不能宽容，可以真正称为猥亵的，只有这一种描写普通性交的文字。这虽只是根据因袭的习俗而言，即平心的说，这种叙述，在学术上自有适当的地位，若在文艺上面，正如不必平面地描写吃饭的状态一样，除艺术家特别安排之外，也并无这种必要。所以寻常刊行物里不收这项文字，原有正当的理由，不过在非卖品或有限制的出版品上，当然又是例外。

诗歌中说及支体的名称，应当无可非议，虽然在绅士社会中“一个人只剩了两截头尾”，有许多部分的身体已经失其名称。古文学上却很是自由，如《雅歌》所说：

你的两乳好像百合花中吃草的一对小鹿，
就是母鹿双生的。
你的肚脐如圆杯，
不缺调和的酒。

又第四章十二节以后，“我妹子，我新妇，乃是关锁的园”等数节，更是普通常见的写法，据说莎士比亚在 Venus and Adonis 诗中也有类似的文章，上面所举沈青门词亦有说及而更为粗劣。大抵那类字句本无须忌讳，唯因措词的巧拙所以分出优劣，即使专篇咏叹，苟不直接的涉及性交，似亦无屏斥的理由，倘若必要一一计较，势必至于如现代生理教科书删去一章而后可，那实在反足以表示性意识的变态地强烈了。

凡说及便溺等事，平常总以为是秽，其实也属于亵，因为臀部也是“色情带”，所以对于便溺多少含有色情的分子，与对于痰汗等的观念略有不同。中古的禁欲家宣说人间的卑微，常说生于两便之间（Inter faeces et urinum nascimur），很足以表示这个消息。滑稽的儿歌童话及民间传说中多说及便溺，极少汗垢痰唾，便因猥亵可以发笑而污秽则否，盖如德国格卢斯（Groos）所说，人听到关于性的暗示，发生呵痒的感觉，爆裂而为笑，使不至化为性的兴奋。更从别一方面，我们也可以看出便溺与性之相关，如上文所引《雅歌》中咏肚脐之句，以及英国诗人赫列克（Robert Herrick）的 *To Dianeme* 诗中句云，

Show me that hill where smiling Love doth sit,
Having a living fountain under it.

都是好例。中国的例还未能找到，但戏花人著《红楼梦论赞》中有“贾瑞赞”一篇，也就足以充数了。所以这一类的东西，性质同咏支体的差不多，不过较为曲折，因此这个关系不很明了罢了。

照上面所说的看来，这四种所谓猥亵的文词中，只有直说性交的可以说是有点“违碍”，其馀的或因措词粗俗觉得不很雅驯，但总没有除灭的必要。本会搜集的歌谣里，或者因为难得，或者因为寄稿者的审慎，极缺少这类的作品，这是很可惜的事，只有白径天先生的柳州情歌百八首，蓝孕欧先生的平远山歌二十首，刘半农的江阴船歌二十首等，算是私情歌的一点好成绩。但我知道乡间曾有性交的谜语，推想一定还多有各样的歌谣，希望大家放胆的采来，就是那一项“违碍字样”的东西，我们虽然不想公刊，也极想收罗起来，特别编订成书，以供专家之参考，所以更望大家供给材料，完成这件重大的难事业。

我们想一论猥亵的歌谣发生的理由，可惜没有考证的资料，只能凭空的论断一下，等将来再行订正。有许多人相信诗是正面的心声，所以要说歌谣的猥亵是民间风化败坏之证，我并不想替风俗作辩护，但我相信这是不确的。诗歌虽是表现作者的心情，但大抵是个反映，并非真是供状，有一句诗道，“嘴唱着歌，只在他不能亲吻的时候”，说的最有意思。猥亵的歌谣的解说所以须从别方面去找才对。据我的臆测，可以从两点上略加说明。其一，是生活的关系。中国社会上禁欲思想虽然不很占势力，似乎未必会有反动，但是一般男女关系很不圆满，那是自明的事实。我们不要以为两性的烦闷起于五四以后，乡间的男妇便是现在也很愉快地过着家庭生活；这种烦闷在时地上都是普遍的，乡间也不能独居例外。蓄妾宿娼私通，我们对于这些事实当然要加以非难，但是我们见了中产阶级的蓄妾宿娼，乡民的私通，要知道这未必全然由于东方人的放逸，至少有一半是由于求自由的爱之动机[①]，不过方法弄错了罢了。猥亵的歌谣，赞美私情

【原注】

① 这当然并非辩护那些行为，只是说明他们的一种心理。通行俗歌里有云，“家花不及野花香”，便因野花可以自由选择的缘故。

种种的民歌，即是有此动机而不实行的人所采用的别求满足的方法。他们过着贫困的生活可以不希求富贵，过着庄端的生活而总不能忘情于欢乐，于是唯一的方法是意淫，那些歌谣即是他们的梦，他们的法悦（Fkstasia）。其实一切情诗的起原都是如此，现在不过只应用在民歌上罢了。

其二，是言语的关系。猥亵的歌谣起原与一切情诗相同而比较上似乎特别猥亵，这个原因我想当在言语上面。我在《江阴船歌》的序上曾说：

民间的原始的道德思想本极简单不足为怪；中国的特别文字，尤为造成这现象的大原因。久被蔑视的俗语，未经文艺上的运用，便缺乏了细腻曲折的表现力；简洁高古的五七言句法，在民众诗人手里又极不便当，以致变成那种幼稚的文体，而且将意思也连累了。

这还是就寻常的情歌而言，若更进一步的歌词，便自然愈是刺目；其实论到内容，《十八摸[①]》的唱本与祝枝山辈所做的细腰纤足诸词并不见得有十分差异，但是文人酒酣耳热，高吟艳曲，不以为奇，而听到乡村的秧歌则不禁颦蹙，这个原因实在除了文字之

【鄢校】

①“摸”原作“拍”。

外无从去找了。

词句的粗拙当然也是一种劣点。但在采集者与研究者明白这个事实，便能多谅解他一分，不至于凭了风雅的标准辄加摈斥，所以在这里特再郑重说明，希望投稿诸君的注意。

这一篇小文是我应《歌谣》周年增刊的征求，费了好些另另碎碎的时刻把他凑合起来的，所以全篇没有什么组织，只是一则笔记罢了。我的目的只想略略说明猥亵的分子在文艺上极是常见，未必值得大惊小怪，只有描写性交措词拙劣者平常在被摈斥之列，——不过这也只是被摈于公刊，在研究者还是一样的珍重的，所以我们对于猥亵的歌谣也是很想搜求，而且因为难得似乎又特别欢迎。我们预备把这些希贵的资料另行辑录起来，以供学者的研究，我这篇闲谈便只算作搜集这类歌谣①的一张广告。

（一九二三年十二月）

【鄢校】

①“这类歌谣”原作“这歌谣类”。

《俺的春天》

我在《歌咏儿童的文学》里，最初见到小林一茶的俳文集《俺的春天》，但是那里所选的文章只是关于儿童的几节，并非全本，后来在中村编的《一茶选集》里才看见没有缺字的全文。第一节的末尾说：

我们埋在俗尘里碌碌度日，却说些吉祥话庆祝新年，大似唱发财的乞人的口吻，觉得很是无聊。强风吹来就会飞去的陋室还不如仍他陋室的面目，不插门松，也不扫尘埃，一任着雪山路的曲折，今年的正月也只信托着你[1]去迎接新春罢。(后附俳句，下同。) 恭喜也只是中通罢了，俺的春天。

本书的题名即从这里出来的，下署文政二年，当公历一八一九年顷，是年夏间所记最有名的两节文

【原注】

①“你”系指释迦。

章，都是关于他的女儿聪女的，今摘译其一部分。

去年夏天种竹日左右，诞生到这多忧患的浮世来的女儿，愚鲁而望其聪敏，因命名曰聪。今年周岁以来，玩着点窝螺，打哇哇，摇头的把戏，见了别的小孩，拿着风车，喧闹着也要，拿来给她的时候，便即放在嘴里吮过舍去，丝毫没有顾惜，随即去看别的东西，把近旁的饭碗打破，但又立刻厌倦，嗤嗤的撕纸障上的薄纸，大人称赞说乖呀乖呀，她就信以为真，哈哈的笑着更是竭力的去撕。心里没有一点尘翳，如满月之清光皎洁，见了正如看幼稚的俳优，很能令人心舒畅。人家走来，问汪汪那里，便指着狗；问呀呀那里，便指着乌鸦：这些模样，真是从口边到足尖，满是娇媚，非常可爱，可以说是比胡蝶之戏春草更觉得柔美了。……

但是不久这聪女患天然痘，忽然的死了，一茶在《俺的春天》里记着一节很悲哀的文章，其末尾云：

……她遂于六月二十一日与蕣花同谢此世。母亲抱着死儿的脸荷荷的大哭，这也是当然的了。到了此刻虽然明知逝水不归，落花不再返枝，但无论怎样达观，终于难以断念的，正是这恩爱的羁绊。

露水的世，虽然是露水的世，虽然是这样。

书中还有许多佳篇，可以见作者的性情及境遇者，今译录几节于后。

没有母亲的小孩，随处可以看出来：衔着指头，站在大门口！这样的被小孩们歌唱，我那时觉得非常胆怯，不大去和人们接近，只是躲在后园里叠着的柴草堆下，过那长的日子。虽然是自己的事情，也觉得很是可哀。

同我来游嬉罢，没有母亲的雀儿！——六岁时作。

为男子所嫌弃，住在母家的女人，想一见自己儿子的初次五月节[①]，但是在白昼因为看见的人太多，如诗中所说，（作诗的女人姓名不详）

被休的门外，夜间眺望的鲤帜！

父母思子的真情，听了煞是可哀。能柔和那狞猛的武士之心者，大约就是这样的真心罢，即使是怎样无情的男子，倘若偶尔听到，也或者再叫她回去罢。

【原注】

① 古俗，端午前有男孩的家庭在院中立高竿，悬鲤鱼帜，以为庆祝，称五月节句，此风至此犹存。（编者案：据原注，此处之“五月节”或当作“五月节句”。）

紫之里附近，或捕得一窠同炭团一样黑的小鸟，关在笼里，这天晚间有母鸟整夜的在屋上啼叫，作此哀之。

思子之情呵，暗夜里"可爱可爱"地，声音叫哑了彻夜的啼着！

这一首是仿和歌体的"狂歌"，大抵多含滑稽或双关的字句，这里"可爱可爱"兼关鸦的叫声；叫哑一字兼关乌鸦，现在用哑鸦同音，姑且敷衍过去，但是原来的妙趣总不免失掉了。

二十七日晴。老妻早起烧饭，便听得东邻的园右卫门在那里舂年糕，心想大约是照例要送来的，冷了不好吃，须等他勃勃地发热气的时候赏鉴才好，来了罢来了罢的等了好久，饭同冰一样的冷掉了，年糕终于不来。

我家的门口，像煞是要来的样子，那分送的年糕。

一茶的俳句在日本文学史是独一无二的作品，可以说是前无古人，大约也不妨说后无来者的。他的特色是在于他的所谓小孩子气。这在他的行事和文章上一样明显的表示出来，一方面是天真烂漫的稚气，一方面却又是倔强皮赖，容易闹脾气的：因为这两者本是小孩的性情，不足为奇，而且他又是一个继子，这更使他的同情与反感愈加深厚了。关于他的事情，我有一篇文章登在年前的《小说月报》上，现在不复多说；本篇里译文第三四节系从那里取来的，但是根据完善的原本有两处新加订正了。

慈姑的盆

绿盆里种下几颗慈姑，
长出青青的小叶。
秋寒来了，叶都枯了，
只剩了一盆的水。
清冷的水里，荡漾着两三根
飘带似的暗绿的水草。
时常有可爱的黄雀，
在落日里飞来，
蘸水悄悄地洗澡。

（十月二十一日）

秋风

一夜的秋风，
吹下了许多树叶，
红的爬山虎，
黄的杨柳叶，
都落在地上了。
只有槐树的豆子，
还是疏朗朗的挂着。
几棵新栽的菊花，
独自开着各种的花朵。
也不知道他的名字，
只称他是白的菊花，黄的菊花。

（十一月四日）

故乡的野菜

我的故乡不止一个，我住过的地方都是故乡。故乡对于我并没有什么特别的情分，只因钓于斯游于斯的关系，朝夕会面，遂成相识，正如乡村里的邻舍一样，虽然不是亲属，别后有时也要想念到他。我在浙东住过十几年，南京东京都住过六年，这都是我的故乡；现在住在北京，于是北京就成了我的家乡了。

日前我的妻往西单市场买菜回来，说起有荠菜在那里卖着，我便想起浙东的事来。荠菜是浙东人春天常吃的野菜，乡间不必说，就是城里只要有后园的人家都可以随时采食，妇女小儿各拿一把剪刀一只“苗篮”，蹲在地上搜寻，是一种有趣味的游戏的工作。那时小孩们唱道：“荠菜马兰头，姊姊嫁在后门头。”后来马兰头有乡人拿来进城售卖了，但荠菜还是一种野菜，须得自家去采。关于荠菜向来颇有风雅的传说，不过这似乎以吴地为主。《西湖游览志》云：“三月三日男女皆戴荠菜花。谚云，三春戴荠花，桃李羞繁华。”顾禄的《清嘉录》上亦说：

> 荠菜花俗呼野菜花，因谚有三月三蚂蚁上灶山之语，三日人家皆以野菜花置灶陉上，以厌虫蚁。侵晨村童叫卖不绝。或妇女簪髻上以祈清目，俗号眼亮花。

但浙东人却不很理会这些事情，只是挑来做菜或炒年糕吃罢了。

黄花麦果通称[①]鼠曲草，系菊科植物，叶小微圆互生，表面有白毛，花黄色，簇生梢头。春天采嫩叶，捣烂去汁，和粉作糕，称黄花麦果糕。小孩们有歌赞美之云：

> 黄花麦果韧结结，
> 关得大门自要吃：
> 半块拿弗出，一块自要吃。

清明前后扫墓时，有些人家——大约是保存古风的人家——用黄花麦果作供，但不作饼状，做成小颗如指顶大，或细条如小指，以五六个作一攒，名曰茧果，不知是什么意思，或因蚕上山时设祭，也用这种食品，故有是称，亦未可知。自从十二三岁时外出不

【鄢校】

①“通称”原作“称通”。

参与外祖家扫墓以后，不复见过茧果，近来住在北京，也不再见黄花麦果的影子了。日本称作“御形”，与荠菜同为春的七草之一，也采来做点心用，状如艾饺，名曰“草饼”，春分前后多食之，在北京也有，但是吃去总是日本风味，不复是儿时的黄花麦果糕了。

扫墓时候所常吃的还有一种野菜，俗名草紫，通称紫云英，农人在收获后，播种田内，用作肥料，是一种很被贱视的植物，但采取嫩茎瀹食，味颇鲜美，似豌豆苗。花紫红色，数十亩接连不断，一片锦绣，如铺着华美的地毯，非常好看，而且花朵状若胡蝶，又如鸡雏，尤为小孩所喜。间有白色的花，相传可以治痢，很是珍重，但不易得。日本《俳句大辞典》云：“此草与蒲公英同是习见的东西，从幼年时代便已熟识。在女人里边，不曾采过紫云英的人，恐未必有罢。”中国古来没有花环，但紫云英的花球却是小孩常玩的东西，这一层我还替那些小人们欣幸的。浙东扫墓用鼓吹，所以少年常随了乐音去看“上坟船里的姣姣”；没有钱的人家虽没有鼓吹，但是船头上篷窗下总露出些紫云英和杜鹃的花束，这也就是上坟船的确实的证据了。

（十三年二月）

北京的茶食

在东安市场的旧书摊上买到一本日本文章家五十岚力的《我的书翰》，中间说起东京的茶食店的点心都不好吃了，只有几家如上野山下的“空也”，还做得好点心，吃起来馅和糖及果实浑然融合，在舌头上分不出各自的味来。想起德川时代江户的二百五十年的繁华，当然有这一种享乐的流风馀韵留传到今日，虽然比起京都来自然有点不及。北京建都已有五百馀年之久，论理于衣食住方面应有多少精微的造就，但实际似乎并不如此，即以茶食而论，就不曾知道什么特殊的有滋味的东西。固然我们对于北京情形不甚熟悉，只是随便撞进一家饽饽铺里去买一点来吃，但是就撞过的经验来说，总没有很好吃的点心买到过。难道北京竟是没有好的茶食，还是有而我们不知道呢？这也未必全是为贪口腹之欲，总觉得住在古老的京城里吃不到包含历史的精炼的或颓废的点心是一个很大的缺陷。北京的朋友们，能够告诉我两三家做得上好点心的饽饽铺么？

我对于二十世纪的中国货色，有点不大喜欢，粗恶的模仿品，美其名曰国货，要卖得比外国货更贵些。新房子里卖的东西，便不免都有点怀疑，虽然这样说好像遗老的口吻，但总之关于风流享乐的事我是颇迷信传统的。我在西四牌楼以南走过，望着“异馥斋”的丈许高的独木招牌，不禁神往，因为这不但表示他是义和团以前的老店，那模糊阴暗的字迹又引起我一种焚香静坐的安闲而丰腴的生活的幻想。我不曾焚过什么香，却对于这件事很有趣味，然而终于不敢进香店去，因为怕他们在香合上已放着花露水与日光皂了。我们于日用必需的东西以外，必须还有一点无用的游戏与享乐，生活才觉得有意思。我们看夕阳，看秋河，看花，听雨，闻香，喝不求解渴的酒，吃不求饱的点心，都是生活上必要的——虽然是无用的装点，而且是愈精炼愈好。可怜现在的中国生活，却是极端地干燥粗鄙，别的不说，我在北京彷徨了十年，终未曾吃到好点心。

（十三年二月）

吃茶[1]

前回徐志摩先生在平民中学讲“吃茶”，——并不是胡适之先生所说的“吃讲茶”，——我没有工夫去听，又可惜没有见到他精心结构的讲稿，但我推想他是在讲日本的“茶道”（英文译作 Teaism），而且一定说的很好。茶道的意思，用平凡的话来说，可以称作“忙里偷闲，苦中作乐”，在不完全的现世享乐一点美与和谐，在刹那间体会永久，是日本之“象征的文化”里的一种代表艺术。关于这一件事，徐先生一定已有透彻巧妙的解说，不必再来多嘴，我现在所想说的，只是我个人的很平常的喝茶观罢了。

喝茶以绿茶为正宗。红茶已经没有什么意味，何况又加糖——与牛奶？葛辛（George Gissing）的《草堂随笔》（原名 *Private Papers of Henry Ryecroft*）确是

【锺校】

①《雨天的书》题作“喝茶”。

很有趣味的书，但冬之卷里说及饮茶，以为英国家庭里下午的红茶与黄油面包是一日中最大的乐事，支那饮茶已历千百年，未必能领略此种乐趣与实益的万分之一，则我殊不以为然。红茶带"土斯"未始不可吃，但这只是当饭，在肚饥时食之而已；我的所谓喝茶，却是在喝清茶，在赏鉴其色与香与味，意未必在止渴，自然更不在果腹了。中国古昔曾吃过煎茶及抹茶，现在所用的都是泡茶，冈仓觉三在《茶之书》(*Book of Tea*, 1919) 里很巧妙的称之曰"自然主义的茶"，所以我们所重的即在这自然之妙味。中国人上茶馆去，左一碗右一碗的喝了半天，好像是刚从沙漠里回来的样子，颇合于我的喝茶的意思（听说闽粤有所谓吃工夫茶者自然也有道理），只可惜近来太是洋场化，失了本意，其结果成为饭馆子之流，只在乡村间还保存一点古风，唯是屋宇器具简陋万分，或者但可称为颇有喝茶之意，而未可许为已得喝茶之道也。

喝茶当于瓦屋纸窗之下，清泉绿茶，用素雅的陶瓷茶具，同二三人共饮，得半日之闲，可抵十年的尘梦。喝茶之后，再去继续修各人的胜业，无论为名为利，都无不可，但偶然的片刻优游乃正亦断不可少。中国喝茶时多吃瓜子，我觉得不很适宜；喝茶时所吃的东西应当是轻淡的“茶食”。中国的茶食却变了“满汉饽饽”，其性质与“阿阿兜”相差无几，不是喝茶时所吃的东西了。日本的点心虽是豆米的成品，但那优雅的形色，朴素的味道，很合于茶食的资格，如各色的“羊羹”（据上田恭辅氏考据，说是出于中国唐时的羊肝饼）尤有特殊的风味。江南茶馆中有一种“干丝”，用豆腐干切成细丝，加姜丝酱油，重汤燉热，上浇麻油，出以供客，其利益为“堂倌”所独有。豆腐干中本有一种“茶干”，今变而为丝，亦颇与茶相宜。在南京时常食此品，据云有某寺方丈所制为最，虽也曾尝试，却已忘记，所记得者乃只是下关的江天阁而已。学生们的习惯，平常“干丝”既出，大抵不即食，等到麻油再加，开水重换之后，始行举箸，最为合式。因为一到即罄，次碗继至，不遑应酬，否则麻油三浇，旋即撤去，怒形于色，未免使客不欢而散，茶意都消了。

吾乡昌安门外有一处地方，名三脚桥（实在并无三脚，乃是三出，因以一桥而跨三叉的河上也），其地有豆腐店曰周德和者，制茶干最有名。寻常的豆腐干方约寸半，厚三分，值钱二文，周德和的价值相同，小而且薄，才及一半，黝黑坚实，如紫檀片。我家距三脚桥有步行两小时的路程，故殊不易得，但能吃到油炸者而已。每天有人挑担设炉镬，沿街叫卖，其词曰：

辣酱辣，麻油炸，

红酱搽，辣酱拓：

周德和格五香油炸豆腐干。

其制法如上所述，以竹丝插其末端，每枚值三文。豆腐干大小如周德和，而甚柔软，大约系常品，惟经过这样烹调，虽然不是茶食之一，却也不失为一种好豆食。——豆腐的确也是极东的佳妙的食品，可以有种种的变化，唯在西洋不会被领解，正如茶一般。

日本用茶淘饭，名曰“茶渍”，以腌菜及“泽庵”（即福建的黄土萝卜，日本泽庵法师始传此法，盖从中国传去）等为佐，很有清淡而甘香的风味。中国人未尝不这样吃，唯其原因，非由穷困即为节省，殆少有故意往清茶淡饭中寻其固有之味者，此所以为可惜也。

（十三年十二月）

鸟声

古人有言："以鸟鸣春。"现在已过了春分，正是鸟声的时节了，但我觉得不大能够听到，虽然京城的西北隅已经近于乡村。这所谓鸟当然是指那飞鸣自在的东西，不必说鸡鸣咿咿鸭鸣呷呷的家奴，便是熟番似的鸽子之类也算不得数，因为他们都是忘记了四时八节的了。我所听见的鸟鸣只有檐头麻雀的啾啁，以及槐树上每天早来的啄木的干笑，——这似乎都不能报春，麻雀的太琐碎了，而啄木又不免多一点干枯的气味。

英国诗人那许（Nash）有一首诗，被录在所谓《名诗选》（*Golden Treasury*）的卷首。他说，春天来了，百花开放，姑娘们跳舞着，天气温和，好鸟都歌唱起来，他列举四样鸟声：

Cuckco, jug-jug, pee-wee, to-witta-woo!

这九行的诗实在有趣，我却总不敢译，因为怕一则译不好，二则要译错。现在只抄出一行来，看那四样是什么鸟。第一种是勃姑，书名鹁鸠，他是自呼其名的，可以无疑了。

第二种是夜莺，就是那林间的“发痴的鸟”，古希腊女诗人称之曰“春之使者，美音的夜莺”，他的名贵可想而知，只是我不知道他到底是什么东西。我们乡间的黄莺也会“翻叫”，被捕后常因想念妻子而急死，与他西方的表兄弟相同，但他要吃小鸟，而且又不发痴地唱上一夜以至于呕血。第四种虽似异怪乃是猫头鹰。第三种则不大明了，有人说是蚊母鸟，或云是田凫，但据斯密士的《鸟的生活与故事》第一章所说系小猫头鹰。倘若是真的，那么四种好鸟之中猫头鹰一家已占其二了。斯密士说这二者都是褐色猫头鹰，与别的怪声怪相的不同，他的书中虽有图像，我也认不得这是鸱是鸮还是流离之子，不过总是猫头鹰之类罢了。

儿时曾听见他们的呼声，有的声如货郎的摇鼓，有的恍若连呼“掘注”（dzhuehuoang[①]），俗云不祥主有死丧，所以闻者多极懊恼，大约此风古已有之。查

【锺校】

① dzhuehuoang《语丝》作 juel-uoang。

检观頮[1]道人的《小演雅》，所录古今禽言中不见有猫头鹰的话。然而仔细回想，觉得那些叫声实在并不错，比任何风声箫声鸟声更为有趣，如诗人谢勒（Shelley）所说。

现在，就北京来说，这几样鸣声都没有，所有的还只是麻雀和啄木鸟。老鸹，乡间称云乌老鸦，在北京是每天可以听到的，但是一点风雅气也没有，而且是通年噪聒，不知道他是那一季的鸟。麻雀和啄木鸟虽然唱不出好的歌来，在那琐碎和干枯之中到底还含一些春气：唉唉，听那不讨人欢喜的乌老鸦叫也已够了，且让我们欢迎这些鸣春的小鸟，倾听他们的谈笑罢。

"啾哳，啾哳！"

"嘎嘎！"

（十四年四月）

【锺校】

①"頮"原作"颒"。

谈酒

这个年头儿，喝酒倒是很有意思的。我虽是京兆人，却生长在东南的海边，是出产酒的有名地方。我的舅父和姑父家里时常做几缸自用的酒，但我终于不知道酒是怎么做法，只觉得所用的大约是糯米，因为儿歌里说，“老酒糯米做，吃得变nionio”——末一字是本地叫猪的俗语。做酒的方法与器具似乎都很简单，只有煮的时候的手法极不容易，非有经验的工人不办，平常做酒的人家大抵聘请一个人来，俗称“酒头工”，以自己不能喝酒者为最上，叫他专管鉴定煮酒的时节。有一个远房亲戚，我们叫他“七斤公公”，——他是我舅父的族叔，但是在他家里做短工，所以舅母只叫他作“七斤老”，有时也听见她叫“老七斤”，是这样的酒头工，每年去帮人家做酒；他喜吸旱烟，说玩话，打马将，但是不大喝酒（海边的人喝一两碗是不算能喝，照市价计算也不值十文钱的酒），所以生意很好，时常跑一二百里路被招到诸暨嵊县去。据他说这实在并不难，只须走到缸边屈着身听，听见里边起泡的声音切切察察的，好像是螃蟹吐沫（儿童称为蟹煮饭）的样子，便拿来煮就得了；早一点酒还未成，迟一点就变酸了。但是怎么是恰好的时期，别人仍不能知道，只有听熟的耳朵才能够断定，正如骨董家的眼睛辨别古物一样。

大人家饮酒多用酒钟，以表示其斯文，实在是不对的。正当的喝法是用一种酒碗，浅而大，底有高足，可以说是古已有之的香宾杯。平常起码总是两碗，合一“串筒”，价值似是六文一碗。串筒略如倒写的凸字，上下部如一与三之比，以洋铁为之，无盖无嘴，可倒而不可筛，据好酒家说酒以倒为正宗，筛出来的不大好吃。唯酒保好于量酒之前先“荡”（置水于器内，摇荡而洗涤之谓）串筒，荡后往往将清水之一部分留在筒内，客嫌酒淡，常起争执，故喝酒老手必先戒堂倌以勿荡串筒，并监视其量好放在温酒架上。能饮者多索竹叶青，通称曰“本色”，“元红”系状元红之略，则着色者，唯外行人喜饮之。在外省有所谓花雕者，唯本地酒店中却没有这样东西。相传昔时人家生女，则酿酒贮花雕（一种有花纹的酒坛）中，至女儿出嫁时用以饷客，但此风今已不存，嫁女时偶用花雕，也只临时买元红充数，饮者不以为珍品。有些喝酒的人预备家酿，却有极好的，每年做醇酒若干坛，按次第埋园中，二十年后掘取，即每岁皆得饮二十年陈的老酒了。此种陈酒例不发售，故无处可买，我只有一回在旧日业师家里喝过这样好酒，至今还不曾忘记。

我既是酒乡的一个土著，又这样的喜欢谈酒，好像一定是个与“三酉”结不解缘的酒徒了。其实却大不然。我的父亲是很能喝酒的，我不知道他可以喝多少，只记得他每晚用花生米水果等下酒，且喝且谈天，至少要花费两点钟，恐怕所喝的酒一定很不少了。但我却是不肖，不，或者可以说有志未逮，因为我很喜欢喝酒而不会喝，所以每逢酒宴我总是第一个醉与脸红的。自从辛酉患病后，医生叫我喝酒以代药饵，定量是勃阑地每回二十格阑姆，蒲陶酒与老酒等倍之，六年以后酒量一点没有进步，到现在只要喝下一百格阑姆的花雕，便立刻变成关夫子了。（以前大家笑谈称作“赤化”，此刻自然应当谨慎，虽然是说笑话。）有些有不醉之量的，愈饮愈是脸白的朋友，我觉得非常可以欣羡，只可惜他们愈能喝酒便愈不肯喝酒，好像是美人之不肯显示她的颜色，这实在是太不应该了。

黄酒比较的便宜一点，所以觉得时常可以买喝，其实别的酒也未尝不好。白干于我未免过凶一点，我喝了常怕口腔内要起泡，山西的汾酒与北京的莲花白虽然可喝少许，也总觉得不很和善。日本的清酒我颇喜欢，只是仿佛新酒模样，味道不很静定。蒲桃酒与橙皮酒都很可口，但我以为最好的还是勃阑地。我觉得西洋人不很能够了解茶的趣味，至于酒则很有工夫，决不下于中国。天天喝洋酒当然是一个大的漏卮，正如吸烟卷一般，但不必一定进国货党，咬定牙根要抽净丝，随便喝一点什么酒其实都是无所不可的，至少是我个人这样的想。

喝酒的趣味在什么地方？这个我恐怕有点说不明白。有人说，酒的乐趣是在醉后的陶然的境界。但我不很了解这个境界是怎样的，因为我自饮酒以来似乎不大陶然过，不知怎的我的醉大抵都只是生理的，而不是精神的陶醉。所以照我说来，酒的趣味只是在饮的时候，我想悦乐大抵在做的这一刹那，倘若说是陶然，那也当是杯在口的一刻罢。醉了，困倦了，或者应当休息一会儿，也是很安舒的，却未必能说酒的真趣是在此间。昏迷，梦魇，呓语，或是忘却现世忧患之一法门；其实这也是有限的，倒还不如把宇宙性命都投在一口美酒里的耽溺之力还要强大。我喝着酒，一面也怀着"杞天之虑"，生恐强硬的礼教反动之后将引起颓废的风气，结果是借醇酒妇人以避礼教的迫害，沙宁（Sanin）时代的出现不是不可能的。但是，或者在中国什么运动都未必彻底成功，青年的反拨力也未必怎么强盛，那么杞天终于只是杞天，仍旧能够让我们喝一口非耽溺的酒也未可知。倘若如此，那时喝酒又一定另外觉得很有意思了罢？

（民国十五年六月二十日，于北京）

乌篷船

子荣君：

接到手书，知道你要到我的故乡去，叫我给你一点什么指导。老实说，我的故乡，真正觉得可怀恋的地方，并不是那里；但是因为在那里生长，住过十多年，究竟知道一点情形，所以写这一封信告诉你。

我所要告诉你的，并不是那里的风土人情，那是写不尽的，但是你到那里一看也就会明白的，不必啰唆地多讲。我要说的是一种很有趣的东西，这便是船。你在家乡平常总坐人力车，电车，或是汽车，但在我的故乡那里这些都没有，除了在城内或山上是用轿子以外，普通代步都是用船。船有两种，普通坐的都是“乌篷船”，白篷的大抵作航船用，坐夜航船到西陵去也有特别的风趣，但是你总不便坐，所以我也就可以不说了。乌篷船大的为“四明瓦”（Symenngoa），小的为脚划船（划读如 uoa），亦称小船。但是最适用的还是在这中间的“三道”，亦即三明瓦。篷是半圆形的，用竹片编成，中夹竹箬，上涂黑油；在两扇“定篷”之间放着一扇遮阳，也是半圆的，木作格子，嵌着一片片的小鱼鳞，径约一寸，颇有点透明，略似玻璃而坚韧耐用，这就称为明瓦。三明瓦者，谓其中舱有两道，后舱有一道明瓦也。船尾用橹，大抵两支，船首有竹篙，用以定船。船头着眉目，状如老虎，但似在微笑，颇滑稽而不可怕，唯白篷船则无之。三道船篷之高大约可以使你直立，舱宽可以放下一顶方桌，四个人坐着打马将，——这个恐怕你也已学会了罢？小船则真是一叶扁舟，你坐在船底席上，篷顶离你的头有两三寸，你的两手可以搁在左右的舷上，还把手都露出在外边。在这种船里仿佛是在水面上坐，靠近田岸去时泥土便和你的眼鼻接近，而且遇着风浪，或是坐得少不小心，就会船底朝天，发生危险，但是也颇有趣味，是水乡的一种特色。不过你总可以不必去坐，最好还是坐那三道船罢。

你如坐船出去，可是不能像坐电车的那样性急，立刻盼望走到。倘若出城，走三四十里路（我们那里的里程是很短，一里才及英哩三分之一），来回总要预备一天。你坐在船上，应该是游山的态度，看看四周物色，随处可见的山，岸旁的乌桕，河边的红蓼和白，渔舍，各式各样的桥，困倦的时候睡在舱中拿出随笔来看，或者冲一碗清茶喝喝。偏门外的鉴湖一带，贺家池，壶觞左近，我都是喜欢的，或者往娄公埠骑驴去游兰亭（但我劝你还是步行，骑驴或者于你不很相宜），到得暮色苍然的时候进城上都挂着薜荔的东门来，倒是颇有趣味的事。倘若路上不平静，你往杭州去时可于下午开船，黄昏时候的景色正最好看，只可惜这一带地方的名字我都忘记了。夜间睡在舱中，听水声橹声，来往船只的招呼声，以及乡间的犬吠鸡鸣，也都很有意思。雇一只船到乡下去看庙戏，可以了解中国旧戏的真趣味，而且在船上行动自如，要看就看，要睡就睡，要喝酒就喝酒，我觉得也可以算是理想的行乐法。

只可惜讲维新以来这些演剧与迎会都已禁止，中产阶级的低能人别在“布业会馆”等处建起“海式”的戏场来，请大家买票看上海的猫儿戏。这些地方你千万不要去。——你到我那故乡，恐怕没有一个人认得，我又因为在教书不能陪你去玩，坐夜船，谈闲天，实在抱歉而且惆怅。川岛君夫妇现在偁山下，本来可以给你绍介，但是你到那里的时候他们恐怕已经离开故乡了。初寒，善自珍重，不尽。

十五年一月十八日夜，于北京。

吃菜

偶然看书讲到民间邪教的地方，总常有吃菜事魔等字样。吃菜大约就是素食，事魔是什么事呢？总是服侍什么魔王之类罢，我们知道希腊诸神到了基督教世界多转变为魔，那么魔有些原来也是有身分的，并不一定怎么邪曲，不过随便地事也本可不必，虽然光是吃菜未始不可以，而且说起来我也还有点赞成。本来草的茎叶根实只要无毒都可以吃，又因为有维他命某，不但充饥还可养生，这是普通人所熟知的，至于专门地或有宗旨地吃，那便有点儿不同，仿佛是一种主义了，现在我所想要说的就是这种吃菜主义。

吃菜主义似乎可以分作两类。第一类是道德的。这派的人并不是不吃肉，只是多吃菜，其原因大约是由于崇尚素朴清淡的生活。孔子云："饭疏食，饮水，曲肱而枕之，乐亦在其中矣。"可以说是这派的祖师。《南齐书》周颙传云："颙清贫寡欲，终日长蔬食。文惠太子问颙菜食何味最胜，颙曰，春初早韭，秋末晚菘。”黄山谷题画菜云：“不可使士大夫不知此味，不可使天下之民有此色。”——当作文章来看实在不很高明，大有帖括的意味，但如算作这派提倡咬菜根的标语却是颇得要领的。李笠翁在《闲情偶寄》卷五说：

> 声音之道，丝不如竹，竹不如肉，为其渐近自然，吾谓饮食之道，脍不如肉，肉不如蔬，亦以其渐近自然也。草衣木食，上古之风，人能疏远肥腻，食蔬蕨而甘之，腹中菜园不使羊来踏破，是犹作羲皇之民，鼓唐虞之腹，与崇尚古玩同一致也。所怪于世者，弃美名不居，而故异端其说，谓佛法如是，是则谬矣。吾辑《饮馔》一卷，后肉食而首蔬菜，一以崇俭，一以复古，至重宰割而惜生命，又其念兹在兹而不忍或忘者矣。

笠翁照例有他的妙语，这里也是如此，说得很是清脆。虽然照文化史上讲来吃肉该在吃菜之先，不过笠翁不及知道，而且他又那里会来斤斤地考究这些事情呢。

吃菜主义之二是宗教的，普通多是根据佛法，即笠翁所谓异端其说者也。我觉得这两类显有不同之点，其一吃菜只是吃菜，其二吃菜乃是不食肉，笠翁上文说得蛮好，而下面所说念兹在兹的却又混到这边来，不免与佛法发生纠葛了。小乘律有杀戒而不戒食肉，盖杀生而食已在戒中，唯自死鸟残等肉仍在不禁之列，至大乘律始明定食肉戒，如《梵网经》菩萨戒中所举，其辞曰：

若佛子故食肉，——一切众生肉不得食：夫食肉者断大慈悲佛性种子，一切众生见而舍去。是故一切菩萨不得食一切众生肉，食肉得无量罪，——若故食者，犯轻垢罪。

贤首疏云：

轻垢者，简前重戒，是以名轻，简异无犯，故亦名垢。又释，渎汙清净行名垢，礼非重过称轻。

因为这里没有把杀生算在内，所以算是轻戒。但话虽如此，据《目莲问罪报经》所说，犯突吉罗众学戒罪，如四天王寿，五百岁堕泥犁中，于人间数九百千岁，此堕等活地狱，人间五十年为天一昼夜，可见还是不得了也。

我读《旧约·利未记》，再看大小乘律，觉得其中所说的话要合理得多，而上边食肉戒的措辞我尤为喜欢，实在明智通达，古今莫及。《入楞伽经》所论虽然详细，但仍多为粗恶凡人说法，道世在《诸经要集》中酒肉部所述亦复如是，不要说别人了。后来讲戒杀的大抵偏重因果一端，写得较好的还是莲池的《放生文》和周安士的《万善先资》，文字还有可取，其次《好生救劫编》《卫生集》等，自郐以下更可以不论，里边的意思总都是人吃了虾米再变虾米去还吃这一套，虽然也好玩，难免是幼稚了。我以为菜食是为了不食肉，不食肉是为了不杀生，这是对的，再说为什么不杀生，那么这个解释我想还是说不欲断大慈悲佛性种子最为得体，别的总说得支离。众生有一人不得度的时候自己决不先得度，这固然是大乘菩萨的弘愿，但凡夫到了中年，往往会看轻自己的生命而尊重人家的，并不是怎么奇特的现象。难道肉体渐近老衰，精神也就与宗教接近么？未必然，这种态度有的从宗教出，有的也会从唯物论出的。或者有人疑心唯物论者一定是主张强食弱肉的，却不知道也可以成为大慈悲宗，好像是《安士全书》信者，所不同的他是本于理性，没有人吃虾米那些律例而已。据我看来，吃菜亦复佳，但也以中庸为妙，赤米白盐绿葵紫蓼之外，偶然也不妨少进三净肉，如要讲净素已不容易，再要彻底便有碰壁的危险。《南齐书·孝义传》纪江泌事，说他“食菜不食心，以其有生意也”，觉得这件事很有风趣，但是离彻底总还远呢。英国柏忒勒（Samuel Butler）所著《无何有[1]之乡游记》（*Erewhon*）中第二十六七章叙述一件很妙的故事，前章题曰《动物权》，说古代有哲人主张动物的生存权，人民实行菜食，当初许可吃牛乳鸡蛋，后来觉得挤牛乳有损于小牛，鸡蛋也是一条可能的生命，所以都禁了，但陈鸡蛋还勉强可以使用，只要经过检查，证明确已陈年臭坏了，贴上一张“三个月以前所生”的查票，就可发卖。次章题曰《植物权》，已是六七百年过后的事了，那时又出了一个哲学家，他用实验证明植物也同动物一样地有生命，所以也不能吃，据他的意思，人可以吃的只有那些自死的植物，例如落在地上将要腐烂的果子，或在深秋变黄了的菜叶。他说只有这些同样的废物，人们可以吃了于心无愧。

> 即使如此，吃的人还应该把所吃的苹果或梨的核，杏核，樱桃核及其他，都种在土里，不然他就将犯了堕胎之罪。至于五谷，据他说那是全然不成，因为每颗谷都有一个灵魂像人一样，他也自有其同样地要求安全之权利。

结果是大家不能不承认他的理论，但是又苦于难

【锺校】

①“无何有”原作“有何无”。

以实行，逼得没法了便索性开了荤，仍旧吃起猪排牛排来了。

这是讽刺小说的话，我们不必认真，然而天下事却也有偶然暗合的，如《文殊师利问经》云：

> 若为已杀，不得啖。若肉林中已自腐烂，欲食得食。若欲啖肉者，当说此咒：如是，无我无我，无寿命无寿命，失失，烧烧，破破，有为，除杀去。此咒三说，乃得啖肉，饭亦不食。何以故？若思惟饭不应食，何况当啖肉。

这个吃肉林中腐肉的办法岂不与陈鸡蛋很相像，那么烂果子黄菜叶也并不一定是无理，实在也只是比不食菜心更彻底一点罢了。

（二十年十一月十八日，于北平）

苍蝇

草木虫鱼之一

苍蝇不是一件很可爱的东西，但我们在做小孩子的时候都有点喜欢他。我同兄弟常在夏天乘大人们午睡，在院子里弃着香瓜皮瓤的地方捉苍蝇，——苍蝇共有三种，饭苍蝇太小，麻苍蝇有蛆太脏，只有金苍蝇可用。金苍蝇即青蝇，小儿谜中所谓“头戴红缨帽身穿紫罗袍”者是也。我们把他捉来，摘一片月季花的叶，用月季的刺钉在背上，便见绿叶在桌上蠕蠕而动，东安市场有卖纸制各色小虫者，标题云“苍蝇玩物”，即是同一的用意。我们又把他的背竖穿在细竹丝上，取灯心草一小段放在脚的中间，他便上下颠倒的舞弄，名曰“嬉棍”；又或用白纸条缠在肠上纵使飞去，但见空中一片片的白纸乱飞，很是好看。倘若捉到一个年富力强的苍蝇，用快剪将头切下，他的身子便仍旧飞去。希腊路吉亚诺思（Lukianos）的《苍蝇颂》中说，“苍蝇在被切去了头之后，也能生活好些时光”，大约二千年前的小孩已经是这样的玩耍的了。

我们现在受了科学的洗礼，知道苍蝇能够传染病菌，因此对于他们很有一种恶感。三年前卧病在医院时曾作有一首诗，后半云：

大小一切的苍蝇们，
美和生命的破坏者，
中国人的好朋友的苍蝇们呵，
我诅咒你的全灭，
用了人力以外的，
最黑最黑的魔术的力。

但是实际上最可恶的还是他的别一种坏癖气，便是喜欢在人家的颜面手脚上乱爬乱舔，古人虽美其名曰“吸美”，在被吸者却是极不愉快的事。希腊有一篇传说说明这个缘起，颇有趣味。据说苍蝇本来是一个处女，名叫默亚（Muia），很是美丽，不过太喜欢说话。她也爱那月神的情人恩迭米盎（Endymion），当他睡着的时候，她总还是和他讲话或唱歌，弄得他不能安息，因此月神发怒，使她变成苍蝇。以后她还是记念着恩迭米盎，不肯叫人家安睡，尤其是喜欢搅扰年青的人。

苍蝇的固执与大胆，引起好些人的赞叹。诃美洛思（Homeros）在史诗中尝比勇士于苍蝇，他说，虽然你赶他去，他总不肯离开你，一定要叮你一口方才罢休。又有诗人云，那小苍蝇极勇敢地跳在人的肢体上，渴欲饮血，战士却躲避敌人的刀锋，真可羞了。我们侥幸不大遇见渴血的勇士，但勇敢地攻上来舐我们的头的却常常遇到。法勃耳（Fabre）的《昆虫记》里说有一种蝇，乘土蜂负虫入穴之时，下卵于虫内，后来蝇卵先出，把死虫和蜂卵一并吃下去。他说这种蝇的行为好像是一个红巾黑衣的暴客在林中袭击旅人，但是他的剽悍敏捷的确也可佩服，倘使希腊人知道，或者可以拿去形容阿迭修思（Odysseus）一流的狡狯英雄罢。

中国古来对于苍蝇似乎没有什么反感。《诗经》里说："营营青蝇，止于樊。岂弟君子，无信谗言。"又云："非鸡则鸣，苍蝇之声。"据陆农师说，青蝇善乱色，苍蝇善乱声，所以是这样说法。传说里的苍蝇，即使不是特殊良善，总之决不比别的昆虫更为卑恶。在日本的俳谐中则蝇成为普通的诗料，虽然略带湫秽的气色，但很能表出温暖热闹的境界。小林一茶更为奇特，他同圣芳济一样，以一切生物为弟兄朋友，苍蝇当然也是其一。检阅他的俳句选集，咏蝇的诗有二十首之多，今举两首以见一斑。一云：

笠上的苍蝇，比我更早地飞进去了。

这诗有题曰《归庵》。又一首云：

不要打哪，苍蝇搓他的手，搓他的脚呢。

我读这一句，常常想起自己的诗觉得惭愧，不过我的心情总不能达到那一步，所以也是无法。《埤雅》云，“蝇好交其前足，有绞绳之象，……亦好交其后足”，这个描写正可作前句的注解。又绍兴小儿谜语歌云：

像乌豇豆格乌，像乌豇豆格粗，堂前当中央，坐得拉胡须。

也是指这个现象。（格犹云“的”，坐得即“坐着”之意。）

据路吉亚诺思说，古代有一个女诗人，慧而美，名叫默亚，又有一个名妓也以此为名，所以滑稽诗人有句云：“默亚咬他直达他的心房。”中国人虽然永久与苍蝇同桌吃饭，却没有人拿苍蝇作为名字，以我所知只有一二人被用为诨名而已。

（十三年，七月）

苍蝇

我们说爱，
爱一切众生，
但是我——却觉得不能全爱。
我能爱狼和大蛇，
能爱在山林里的猪。
我不能爱那苍蝇。
我憎恶他们，我诅咒他们。
大小一切的苍蝇们，
美和生命的破坏者，
中国人的好朋友的苍蝇们呵！
我诅咒你的全灭，
用了人力以外的，
最黑最暗的魔术的力。

（四月十八日）

虱子

草木虫鱼之二

偶读罗素所著的《结婚与道德》，第五章讲中古时代思想的地方，有这一节话：

> 那时教会攻击洗浴的习惯，以为凡使肉体清洁可爱好者皆有发生罪恶之倾向。肮脏不洁是被赞美，于是圣贤的气味变成更为强烈了。圣保拉说，身体与衣服的洁净，就是灵魂的不净。虱子被称为神的明珠，爬满这些东西是一个圣人的必不可少的记号。

我记起我们东方文明的选手故辜鸿铭先生来了，他曾经礼赞过不洁，说过相仿的话，虽然我不能知道他有没有把虱子包括在内，或者特别提出来过。但是，即是辜先生不曾有什么颂词，虱子在中国文化历史上的位置也并不低，不过这似乎只是名流的装饰，关于古圣先贤还没有文献上的证明罢了。晋朝的王猛的名誉，一半固然在于他的经济的事业，他的捉虱子这一件事恐怕至少也要居其一半。到了二十世纪[1]之初，梁任公先生在横滨办《新民丛报》，那时有一位重要的撰述员，名叫扪虱谈虎客，可见这个还很时髦，无论他身上是否真有那晋朝的小动物。

洛威（R. H. Lowie）博士是旧金山大学的人类学教授，近著一本很有意思的通俗书《我们是文明么》，其中有好些可以供我们参考的地方。第十章讲衣服与时装，他说起十八世纪时妇人梳了很高的髻，有些矮的女子，她的下巴颏儿正在头顶到脚尖的中间。在下文又说道：

> 宫里的女官坐车时只可跪在台板上，把头伸在窗外，她们跳着舞，总怕头碰了挂灯。重重扑粉厚厚衬垫的三角塔终于满生了虱子，很是不舒服，但西欧的时风并不就废止这种时装。结果发明了一种象牙钩钗，拿来搔痒，算是很漂亮的。

第二十一章讲卫生与医药，又说到“十八世纪的太太们的头上成群的养着虱子”。又举例说明道：

> 一三九三年，一个法国著者教给他美丽的读

【锺校】

① 原无“纪”字，今增。

者六个方法，治她们的丈夫的跳蚤，一五三九年出版的一本书列有奇效方，可以除灭跳蚤，虱子，虱卵，以及臭虫。

照这样看来，不但证明“西洋也有臭虫”，更可见贵夫人的青丝上也满生过虱子。在中国，这自然更要普遍了，褚人获编《坚瓠集》丙集卷三有一篇《须虱颂》，其文曰：

王介甫王禹玉同侍朝，见虱自介甫襦领直缘其须，上顾而笑，介甫不知也。朝退，介甫问上笑之故，禹玉指以告，介甫命从者去之。禹玉曰，未可轻去，愿颂一言。介甫曰，何如？

禹玉曰，屡游相须，曾经御览，未可杀也，或曰放焉。众大笑。

我们的荆公是不修边幅的，有一个半个小虫在胡须上爬，原算不得是什么奇事，但这却令我想起别一件轶事来，据说徽宗在五国城，写信给旧臣道：“朕身上生虫，形如琵琶。”照常人的推想，皇帝不认识虱子，似乎在情理之中，而且这样传说，幽默与悲感混在一起，也颇有意思，但是参照上文，似乎有点不大妥帖了。宋神宗见了虱子是认得的，到了徽宗反而退步，如果属实，可谓不克绳其祖武了。《坚瓠集》中又有一条《恒言》，内分两节如下：

张磊塘善清言，一日赴徐文贞公席，食鲳鱼鳇鱼。庖人误不置醋。张云，仓皇失措。文贞腰扪一虱，以齿毙之，血溅齿上。张云，大率类此。文贞亦解颐。

清客以齿毙虱有声，妓哂之。顷妓亦得虱，以添香置炉中而爆。客顾曰，熟了。妓曰，愈于生吃。

这一条笔记是很重要的虱之文献，因为他在说明贵人清客妓女都有扪虱的韵致外，还告诉我们毙虱的方法。《我们是文明么》第二十一章中说：

正如老鼠离开将沉的船，虱子也会离开将死的人，依照冰地的学说。所以一个没有虱子的爱斯吉摩人是很不安的。这是多么愉快而且适意的事，两个好友互捉头上的虱以为消遣，而且随复庄重地将它们送到所有者的嘴里去。在野蛮世界，这种交互的服务实在是很有趣的游戏。黑龙江边的民族不知道有别的更好的方法，可以表示夫妇的爱情与朋友的交谊。在亚尔泰山及南西伯利亚的突厥人也同样的爱好这个玩艺儿。他们的皮衣里满生着虱子，那妙手的土人便永远在那里搜查这些生物，捉到了的时候，咂一咂嘴儿把它们都吃下去。拉得洛夫博士亲自计算过，他的向[1]导在一分钟内捉到八九十匹。在原始民间故事里多讲到这个普遍而且有益的习俗，原是无怪的。

由此可见普通一般毙虱法都是同徐文贞公一样，就是所谓“生吃”的，只可惜“有礼节的欧洲人是否吞咽他们的寄生物查不出证据”，但是我想这总也可以假定是如此罢，因为世上恐怕不会有比这个更好的方法，不过史有阙文，洛威博士不敢轻易断定罢了。

但世间万事都有例外，这里自然也不能免。佛教反对杀生，杀人是四重罪之一，犯者波罗夷不共住，就是杀畜生也犯波逸提罪，他们还注意到水中土中几乎看不出的小虫，那么对于虱子自然也不肯忽略过去。《四分律》卷五十《房舍犍度法》中云：

于多人住处拾虱弃地，佛言不应尔。彼上座老病比丘数数起弃虱，疲极，佛言听以器，若毳，若劫贝，若敝物，若绵，拾着中。若虱走出，应作筒盛。彼用宝作筒，佛言不应用宝作筒，听用角牙，若骨，若铁，若铜，若铅锡，若竿蔗草，若竹，若苇，若木，作筒，虱若出，应

【锺校】

①“向”原作“响”。

作盖塞。彼宝作塞，佛言不应用宝作塞，应用牙骨乃至木作，无安处，应以缕系着床脚里。

小林一茶（一七六三至一八二七）是日本近代的诗人，又是佛教徒，对于动物同圣芳济一样，几乎有兄弟之爱，他的咏虱的诗句据我所见就有好几首①，其中有这样的一首，曾译录在《雨天的书》中，其词曰：

捉到一个虱子，将他掐死固然可怜，要把它舍在门外，让它绝食，也觉得不忍，忽然想到我佛从前给与鬼子母的东西，成此：

虱子呵，放在和我味道一样的石榴上爬着。②

这样的待遇在一茶可谓仁至义尽，但虱子恐怕有点觉得不合式，因为像和尚那么吃净素他是不见得很喜欢的。但是，在许多虱的本事之中，这些算是最有风趣了。佛教虽然也重圣贫，一面也还讲究，——这称作清洁未必妥当，或者总叫作“威仪”罢，因此有些法则很是细密有趣，关于虱的处分即其一例，至于

【锺校】

①“首”原作“句”。

【原注】

② 日本传说，佛降伏鬼子母，给与石榴实食之，以代人肉，因榴实味酸甜似人肉云。据《鬼子母经》说，她后来变为生育之神，这石榴大约只是多子的象征罢了。

一茶则更是浪漫化了一点罢了。中国扪虱的名士无论如何不能到这个境界，也决做不出像一茶那样的许多诗句来，例如——

喊，虱子呵，爬罢爬罢，向着春天的去向。

实在译不好，就此打住罢。今天是清明节，野哭之声犹在于耳，回家写这小文，聊以消遣，觉得这倒是颇有意义的事。

（民国十九年四月五日，于北平）

【附记】 友人指示，周密《齐东野语》中有材料可取，于卷十七查得《嚼虱》一则，今补录于下：

余负日茅檐，分渔樵半席，时见山翁野媪扪身得虱，则致之口中，若将甘心焉，意甚恶之。然揆之于古，亦有说焉。应侯谓秦王曰，得宛临，流阳夏，断河内，临东阳，邯郸犹口中虱。王莽校尉韩威曰，以新室之威而吞胡虏，无异口中蚤虱。陈思王著论亦曰，得虱者莫不劘之齿牙，为害身也。三人皆当时贵人，其言乃尔，则野老嚼虱亦自有典故，可发一笑。

我尝[1]推究嚼虱的原因，觉得并不由于“若将甘

【锺校】

①“尝”原作“当”。

心”的意思，其实只因虱子肥白可口，臭虫固然气味不佳，蚤又太小一点了，而且放在嘴里跳来跳去，似乎不大容易咬着。今见韩校尉的话，仿佛基督同时的中国人曾两者兼嚼，到得后来才人心不古，取大而舍小，不过我想这个证据未必怎么可靠，恐怕这单是文字上的支配，那么跳蚤原来也是一时的陪绑罢了。

（四月十三日又记）

两株树[1]

草木虫鱼之三

我对于植物比动物还要喜欢，原因是因为我懒，不高兴为了区区视听之娱一日三餐地去饲养照顾，而且我也有点相信“鸟身自为主”的迂论，觉得把他们活物拿来做囚徒当奚奴，不是什么愉快的事，若是草木便没有这些麻烦，让它们直站在那里便好，不但并不感到不自由，并且还真是生了根地不肯再动一动哩。但是要看树木花草也不必一定种在自己的家里，关起门来独赏，让它们在野外路旁，或是在人家粉墙之内也并不妨，只要我偶然经过时能够看见两三眼，也就觉得欣然，很是满足的了。

树木里边我所喜欢的第一种是白杨。小时候读《古诗十九首》，读过“白杨何萧萧，松柏夹广路”之句，但在南方终未见过白杨，后来在北京才初次看

【锺校】

① 题目似应为“两种树”。

见。谢在杭著《五杂组》中云：

> 古人墓树多植梧楸，南人多种松柏，北人多种白杨。白杨即青杨也，其树皮白如梧桐，叶似冬青，微风击之辄淅沥有声，故古诗云，白杨多悲风，萧萧愁杀人。予一日宿邹县驿馆中，甫就枕即闻雨声，竟夕不绝，侍儿曰，雨矣。予讶之曰，岂有竟夜雨而无檐溜者？质明视之，乃青杨树也。南方绝无此树。

《本草纲目》卷三五下引陈藏器曰："白杨北土极多，人种墟墓间，树大皮白，其无风自动者乃杨移，非白杨也。"又寇宗奭云："风才至，叶如大雨声，谓无风自动则无此事，但风微时其叶孤极处则往往独摇，以其蒂长叶重大，势使然也。"王象晋《群芳谱》则云杨有二种，一白杨，一青杨，白杨蒂长两两相对，遇风则簌簌有声，人多植之坟墓间，由此可知白杨与青杨本自有别，但"无风自动"一节却是相同。在史书中关于白杨有这样的两件故事：

《南史》萧惠开传："惠开为少府，不得志，寺内斋前花草甚美，悉铲除，别植白杨。"

《唐书》契苾何力传："龙翔中司稼少卿梁修仁新作大明宫，植白杨于庭，示何力曰，此木易成，不数年可芘。何力不答，但诵白杨多悲风萧萧愁杀人之句，修仁惊悟，更植以桐。”

这样看来，似乎大家对于白杨都没有什样好感。为什么呢？这个理由我不大说得清楚，或者因为它老是簌簌的动的缘故罢。听说苏格兰地方有一种传说，耶稣受难时所用的十字架是用白杨木做的，所以白杨自此以后就永远在发抖，大约是知道自己的罪孽深重。但是做钉的铁却似乎不曾因此有什么罪，黑铁这件东西在法术上还总有点位置的，不知何以这样地有幸有不幸。（但吾乡结婚时忌见铁，凡门窗上铰链等悉用红纸糊盖，又似别有缘故。）我承认白杨种在墟墓间的确很好看，然而种在斋前又何尝不好，它那瑟瑟的响声第一有意思。我在前面的院子里种了一棵，每逢夏秋有客来斋夜话的时候，忽闻淅沥声，多疑是雨下，推户出视，这是别种树所没有的佳处。梁少卿怕白杨的萧萧改种梧桐，其实梧桐也何尝一定吉祥，假如要讲迷信的话，吾乡有一句俗谚云，“梧桐大如斗，主人搬家走”，所以就是别庄花园里也很少种梧桐的，这实在是一件很可惜的事，梧桐的枝干和叶子真好看，且不提那一叶落知天下秋的兴趣了。在我们的后院里却有一棵，不知已经有若干年了，我至今看了它十多年，树干还远不到五合的粗，看它大有黄杨木的神气，虽不厄闰也总长得十分缓慢呢。——因此我想到避忌梧桐大约只是南方的事，在北方或者并没有这句俗谚，在这里梧桐想要如斗大恐怕不是容易的事罢。

第二种树乃是乌桕，这正与白杨相反，似乎只生长于东南，北方很少见。陆龟蒙诗云，“行歇每依鸦舅影”，陆游诗云，“乌桕赤于枫，园林二月中”，又云，“乌桕新添落叶红”，都是江浙乡村的景象。《齐民要术》卷十列“五谷果蓏菜茹非中国物产者”，下注云“聊以存其名目，记其怪异耳，爰及山泽草木任食非人力所种者，悉附于此”，其中有乌臼一项，引《玄中记》云，荆阳有乌臼，其实如鸡头，迮之如胡麻子，其汁味如猪脂。《群芳谱》言，“江浙之人，凡高山大道溪边宅畔无不种”，此外则江西安徽盖亦多有之。关于它的名字，李时珍说：“乌喜食其子，因以名之。……或曰，其木老则根下黑烂成臼，故得此名。”我想这或曰恐太迂曲，此树又名鸦舅，或者与乌不无关系，乡间冬天卖野味有桕子舄（读如呆鸟字），是道墟地方名物，此物殆是乌类乎，但是其味颇佳，平常所谓舄肉几乎便指此舄也。

柏树的特色第一在叶，第二在实。放翁生长稽山镜水间，所以诗中常常说及桕叶，便是那唐朝的张继寒山寺诗所云江枫渔火对愁眠，也是在说这种红叶。

王端履著《重论文斋笔录》卷九论及此诗，注云：“江南临水多植乌桕，秋叶饱霜，鲜红可爱，诗人类指为枫，不知枫生山中，性最恶湿，不能种之江畔也。此诗江枫二字亦未免误认耳。”范寅在《越谚》卷中桕树项下说：“十月叶丹，即枫，其子可榨油，农皆植田边。”就把两者误合为一。罗逸长《青山记》云：“山之麓朱村，盖考亭之祖居也，自此倚石啸歌，松风上下，遥望木叶着霜如渥丹，始见怪以为红花，久之知为乌桕树也。”《蓬窗续录》云：“陆子渊《豫章录》言，饶信间桕树冬初叶落，结子放蜡，每颗作十字裂，一丛有数颗，望之若梅花初绽，枝柯诘曲，多在野水乱石间，远近成林，真可作画。此与柿树俱称美荫，园圃植之最宜。”这两节很能写出桕树之美，它的特色仿佛可以说是中国画的，不过此种景色自从我离了水乡的故国已经有三十年不曾看见了。

桕树子有极大的用处，可以榨油制烛，《越谚》卷中蜡烛条下注曰：“卷芯草干，熬桕油拖蘸成烛，加蜡为皮，盖紫草汁则红。”汪曰桢著《湖雅》卷八中说得更是详细：

中置烛心，外裹乌桕子油，又以紫草染蜡盖之，曰桕油烛。用棉花子油者曰青油烛，用牛羊油者曰荤油烛。湖俗祀神祭先必燃两炬，皆用红柏烛。婚嫁用之曰喜烛，缀蜡花者曰花烛，祝寿所用曰寿烛，丧家则用绿烛或白烛，亦柏烛也。

日本寺岛安良编《和汉三才图会》五八引《本草纲目》语云，“烛有蜜蜡烛虫蜡烛牛脂烛柏油烛”，后加案语曰：

案唐式云少府监每年供蜡烛七十挺，则元以前既有之矣。有数品，而多用木蜡牛脂蜡也。有油桐子蚕豆苍耳子等为蜡者，火易灭。有鲸鲵油为蜡者，其焰甚臭，牛脂蜡亦臭。近年制精，去其臭气，故多以牛蜡伪为木蜡，神佛灯明不可不辨。

但是近年来蜡烛恐怕已是倒了运，有洋人替我们造了电灯，其次也有洋蜡洋油，除了拿到妙峰山上去之外大约没有它的什么用处了。就是要用蜡烛，反正牛羊脂也凑合可以用得，神佛未必会得见怪，——日本真宗的和尚不是都要娶妻吃肉了么？那么柏油并不再需要，田边水畔的红叶白实不久也将绝迹了罢。这于国民生活上本来没有什么关系，不过在我想起来的时候总还有点怀念，小时候喜读《南方[1]草木状》

【锺校】

①“方”原作“木”。

《岭表录异》和《北户录》等书，这种脾气至今还是存留着，秋天买了一部大板的《本草纲目》，很为我的朋友所笑，其实也只是为了这个缘故罢了。

（十九年十二月二十五日，于北平煆药庐）

荣光之手

“荣光之手”（Hand of Glory），这是一个多么好看的名字。望文生义地想来，这如不是医生的，那一定是剿灭乱党的官军的贵手了罢。——然而不然。我们要知道这个手，在文艺上须得去请教《印戈耳支比家传故事集》（*The Ingoldsby Legends*）。这是多马印戈耳支比所作，但他实在是叫巴椤木（R. H. Barham，1788—1845），是个规矩的教士，却做的上好的滑稽诗，圣支伯利（G. Saintsbury）教授很赏识他，虽然在别家的文学史上都少说及。圣支伯利的《英文学小史》还在注里揄扬这位无比的滑稽诗家，但在《十九世纪英文学史》说的更为详细一点，其中有这几句评语：

> 《印戈耳支比家传故事》在著者晚年八年中所发表，编印成集，世上比这更为流行的书几乎没有了。到了近时才有一点儿贬词，不过那是自

然而且实是不可免的结果，因为第一是言语与风俗有点改变了，第二是已经流传的那样广远而长久。没有人硬要主张，以为这是文学的大作。但是为了那既不平板也非喧噪的无尽的谐趣，几乎奇迹似地声调韵脚之巧妙与自然，凡是能判断与享受的人如去读巴楞木总是不会失望的。

集里第一篇便是荣光之手的故事，现在且抄引它几段，不过只是大意，原文的好处自然是百不存一了。

在那冷静阴寒的原①野上，
在那半夜的时光，
在那绞架的底下，
手搀手地站着凶手们，
一个，二个，三个！
“谁愿的走上去，
快靠着那手脖子，
给我切下那死人的拳头！
谁敢的爬上去，
在他凌空挂着的地方，
给我拔五绺死人的头发！”

据说在达平顿的原野上住着一个八十多岁的老太

【锺校】

① 原无“原”字，今增。

婆，钩鼻，驼背，烂眼，头戴尖锥帽，一看就明白这是一个巫婆！现在那三个凶手们到她的草舍里来了。——

听了也可怕，
那些恐怖的言语！
祷告是倒说的，
说着还带冷笑。
(马太霍布金告诉我们，
巫婆说祷告的时候，
她从“亚们”起头。)
看了也可怕，
在那老太婆的膝上，
放着干瘪的死手，
她笑嘻嘻地捏着，
她又小心地拿那五绺头发，
拖在挂着的那绅士的脑袋上的，
和上黑雄猫的脂膏，
赶快搓成几支灯芯，
装在五个手指的顶上。
“死人来敲门，
锁开，门闩落！
死人手作法，

筋肉都别动！

睡的睡，醒的醒，

都同死人一样死！”

把这咒语抄了之后，荣光之手已经制造成功了，后来的事情是强盗杀人，末了在达平顿原野的黑绞架上挂上了“一个两个三个”的凶手们，老太婆的胸前挂了一只死人手与一匹死雄猫，正要被抛下河去的时候却给那魔鬼带往地狱去了。

我们如嫌上文说得还欠明白，那么可以到科学书上去找找看。茀[①]来则博士的《金枝》（Dr. J. G. Frazer, *The Golden Bough*）节本上略有说明，即第三章讲感应法术的地方：

拟似法术中很繁盛的一支派是借了死人来作法的。……各时代各地方的盗贼多行这门法术，在他们的职业上是极有用的。如南斯拉夫的贼起手用一根死人的骨抛在屋上，嘲讽地说道：“骨头会醒时，人们也就醒。”以后这屋里的人就再也睁不开眼来了。同样在爪哇贼从坟上拿一点土，撒在他要偷的人家的周围，使家中人沉睡。印度人把火葬的灰撒在门口，秘鲁的印第安人则

【锺校】

① “茀”原作“第”。

撒人骨的灰上，哥萨克人将死人胫骨除去骨髓，灌入牛脂，点起火来，在屋外周行三遍，也能叫人熟睡如死。哥萨克又用腿骨做箫，吹时使闻者疲倦不能兴。墨西哥的印第安人用初次做产而死的女人的左臂骨，但是这骨又须得是偷来的。在进人家去以前他们以骨敲地，使家中人不能言动，僵卧如死，能见闻一切，但全然无力，有些简直就睡着而且打鼾了。在欧洲则云荣光之手有同样的能力，这是绞死者的手，风干，制过的。倘若再用一支死在绞架上的恶人的油所制的蜡烛，点着放在荣光之手上像烛台一样，能使人完全不能动，有如死人，连一个小指也动不来。有时候死人的手就当作蜡烛，不，一串蜡烛，所有干枯的指头都点了火，但如家中有一个人醒着，也就有一个指头点不着火。这种妖火只有牛乳能够熄灭。法术上又有时规定盗贼的蜡烛须得用初生的，更好是未生的幼儿之手指所制，有时又说必须照了家中的人数点烛，因为他如只有太小的一支烛，有人会得醒过来捉住他。这些蜡烛点着以后，除了牛乳没有东西能够灭它。十七世纪时强盗时常谋害孕妇，去从她们的胎内取出蜡烛来。……

威克勒（Ernest Weekley）教授著《文字的故事》（*The Romance of Words*）的第九章是讲语原俗说（Folk-etymology）的，中间说及荣光之手：

> 语原俗说的一个奇妙的例可以从荣光之手的旧迷信里找出来。这说的[1]是从绞架上取来的一只死人手，能够指出宝藏来的。
>
> 谁愿的走上去，
> 快靠着那手脖子，
> 给我切下那死人的拳头！
>
> （印戈耳支比《荣光之手》）
>
> 这只是法文 Main de gloire 的译语。但那法文本是 Mand-ragore 之转讹，拉丁文曰 Mandragora，即曼陀罗，它的双叉[2]的根据说有同样的能力，特别是这植物从绞架旁采来的。

中国也有曼陀罗华，不过那是别的植物，佛经中所说天雨曼陀罗华那是一种莲花之类，《本草纲目》所载的又是风茄儿，虽然也是毒草，但其毒在果而无肥大的块根。这种人形的曼陀罗在匈加利小说《黄蔷薇》中曾有说及，第二章的末尾云：

【锺校】

① 原无“的”字，今增。

② “叉”原作“义”。

女忽忆往事，尝有吉迫希妇人为之占运，酬以敝衣，妇又相告曰，倘尔欢子心渐冷落，尔欲撩之复炽者，事甚易易：可以橙汁和酒饮之，并纳此草根少许，是名胖侏儒，男子饮此，爱当复炽，将不辞毁垣越壁而从汝矣。女因念今日正可试药，以诃禁之。草根黝然，卧箱屉中，圆顶肿足，状若傀儡。古昔相传，是乃灵草，掘时能作大嗷，闻其声者猝死，人乃缚诸犬尾，牵而拔之。神人吉尔开（Kirkē = Circe）尝以此草蛊惑阿迭修斯（Odysseus）暨其伴侣，药学者采之则别有他用，名之曰 Atropa Mandragora，至其草为毒药，则女所未见者也。

安特路阑著《习俗与神话》（Andrew Lang, *Custom and Myth*）中有一篇论文曰《摩吕与曼陀罗》（*Moly and Mandragora*），说曼陀罗的情形与上文相似：

其根似人形。据说如有世袭的盗贼而不失童贞者被绞死，则有曼陀罗，阔叶黄花，形如其人，生于处刑的绞架下。曼陀罗与阿迭修斯的灵药摩吕相似，是凡人所不易掘取的。欲得曼陀罗的人须先用蜡塞住两耳，使不能听见那草被拔出土时的致命的叫声。在礼拜五的日出前，牵一匹全黑的狗，在曼陀罗周围画三个十字，掘松根旁的泥土，将草根缚住在狗尾巴上，拿一块面包给狗吃。狗跑上前来取那面包，把曼陀罗根拔起，但听了那可怕的喊声立即倒地死了。随后将草根取起，用蒲陶酒洗净，用绸片包裹，放在箱子里，每礼拜五给洗浴一次，每逢新月换一次新的白小衣。曼陀罗如好好地待遇，能够如家神一样地显神通。如将一枚金钱放在它的上面，第二天早晨便能发见有两枚在那里。

中国没有胖侏儒，但关于人参，何首乌，茯苓等也有同样的俗说，如宋刘敬叔著《异苑》云：

人参，一名土精，生上党者佳，人形皆具，能作儿啼。昔有人掘之，始下锸便闻土中呻吟声，寻音而取，果得人参。

匈加利的曼陀罗用作媚药，西欧则可以招财，与威克勒所说相近，但它似乎没有使人昏迷的法力，虽然本是有强烈的麻醉性的。荣光之手的起原恐怕还是如弗来则所说，由于借了死人来作法，未必是言语的传讹。言语学的神话解释已经不能存在，在土俗学的方面大约也是相同，《文字的故事》是一卷讲语原的通俗而又学术的好书，但他偶然讲到迷信的解说，虽是新奇而有趣味，却也总是不大的确了。

【附记】 希腊史诗《阿迭舍亚》（*Odysseia*）第十卷中阿迭修斯自述与其伴侣漂流抵神女吉尔开之岛，伴侣们受神女宴飨，吃了干酪，麦食，蜜，酒，中和毒药，悉化为猪，未言用曼陀罗。阿迭修斯得天使之助，用了摩吕破神女的法术，救出友伴。诗中云："此草黑根，花色如乳，神人名之曰摩吕，唯凡人所不易掘取，而在神人无所不可。"不知是何草，但其性质与曼陀罗相似，注解家云拔摩吕者必死。

（民国十七年九月二日，于北平市）

穷裤

古往今来的人似乎都很关心妇女们的贞节。圣人说过，饮食男女人之大欲存焉，不过这原只是自然的要求，及至考虑性的占有之专一，那又进了一步，所谓人之所以异于禽兽者非欤。关于这件事情，古来贤哲不知费过多少心机，结局都没有什么效果。男女授受不亲，七岁不同席等等的隔离疗法，《不可录》的文艺政策，既然白化气力，秦始皇帝在吾乡的刻石以及沿了官塘奉圣旨旌表的贞节牌坊，这些威胁利诱的办法，也仿佛没有多大用处，至少是不切于日常家居之用。然而人急智生，好法子居然想出来了，这就是用黄门。想起来这事是很可笑的，可是直捷痛快的办法再也没有了，唯一的缺点是贵族的，纵使河间府的供给未必会缺乏，可是怕少有人用得起，向来爱用的也只是内廷和王府罢了。偶然读书，见有句曰，“爱惜加穷裤，防闲托守宫”，六朝诗人可见也在那里苦心焦思，这十个字实在说得很好，其效力或者还是很有可疑，总之是一种实际的而且颇有诗意的方法了。

宋长白《柳亭诗话》卷四有“穷裤”一项题目，文曰：“《上官皇后传》，宫人皆为穷裤，师古注曰，裈裆也。古诗，爱惜加穷裤，防闲托守宫，洪觉范不知出处，想未读《后汉书》耳。”平心而论，和尚不懂女人们的裈裆裤原也是情有可原的，而且实在这也不在《后汉书》里，我在《前汉书》卷九十七《外戚传》上找到本文云：“光欲皇后擅宠有子，帝时体不安，左右及医皆阿意言宜禁内，虽宫人使令皆为穷裤，多其带。”注云：“服虔曰，穷裤有前后当，不得交通也。师古曰，即今之裈裆裤也。”这个用意本来很是明了，经湖上笠翁不客气的一说尤其澈透，正可以借来作为古诗的注释。《闲情偶寄》卷三《声容部·治服三·衣衫》项下有一节论裙幅之必不可省，其警句云：“妇人之异于男子全在下体，男子生而愿为之有室，其所以为室者只在几希之间耳，掩藏秘器，爱护家珍，全在罗裙几幅，可不丰其料而美其制，以贻采葑采菲者诮乎。”但是再看民间文学《解学士诗》，有一节云：“君王与解缙一日在宫中闲游，忽见一宫人来前，身穿比甲，九道纽扣，王命缙吟诗，缙吟一首云：一幅鲛绡剪素罗，美人体态胜嫦娥，春心若肯牢关锁，纽扣何须用许多。”这样看来，穷裤之为用岂不亦渺茫得很了么？

守宫的传说在中国流传已久。《前汉书》卷六十五《东方朔传》云：“上尝使诸数家射覆，置守宫盂下，射之皆不能中。”颜师古注曰：

守宫，虫名也。术家云，以器养之，食以丹砂，满七斤，捣治万杵，以点女人体，终身不灭，若有房室之事则灭矣。言可以防闲淫逸，故谓之守宫也。今俗呼为辟宫，辟亦御扞之义耳。

《太平御览》九四六引《淮南万毕术》云：“守宫饰女，臂有文章。取守宫新合阴阳者牝牡各一，藏之瓮中，阴乾百日，以饰女臂，则生文章，与男子合阳阴辄灭去。”又引《博物志》云：“蜥蜴或蝘蜓，以器养之，食以朱砂，体尽赤，所食满七斤，捣万杵，以点女人支体，终身不灭，故号曰守宫。”《本草纲目》卷四十三引陶弘景的话：“蝘蜓喜缘篱壁间，以朱饲之，满三斤，杀干末，以涂女人身，有交接事便脱，不尔如赤志，故名守宫。”以上是“术家”学说的大要，我们对于守宫的观念大抵都从此出，转入文学里成为重要的香艳题材。吴景旭《历代诗话》卷二十七引明汤公让咏守宫诗，有一联云，“榴子色分金钏晓，茜花光映玉鞲寒”，或以为风致不让玉谿生。从诗境跳回实生活来，守宫到底有无这种用处，那就很不好说，虽然据说左仪贞和十三妹都实验过，但是有些学者却不相信，如《本草纲目》在陶弘景后所引唐朝苏恭的话便云："蝘蜓又名蝎虎，以其常在屋壁，故名守宫，亦名壁宫，饲朱点妇人，谬说也。"李时珍自己比较的客气一点说："点臂之说，《淮南万毕术》，张华《博物志》，彭乘《墨客挥犀》，皆有其法，大抵不真，恐别有术，今不传矣。"这话大约是对的，我们只看各大药房的目录上都没有守宫丹发售，可见其法不传是确实的了。

我们回过头去看看外国是怎么样呢，守宫不听见说什么，穷裤之类则似乎是有的。野蛮一点的地方和时代普通是用缝法（Infibulation），有些是直接，有些是间接，如高加索山中某民族，用牛皮围腰而缝合之，至结婚时新郎以刀剖开云。这种办法令人想起中古的基督教隐士，据"小蓝皮书"二百一册《撒但与圣人》文中说，他们怕被撒但及其女儿们（即妇女）所诱惑，终日祈祷，绝食，折磨肉体，度他们的圣洁的生活。

> 有的把他们的身子缝在兽皮里，只留一个窟窿足够呼吸以及送进一点食物去。这样，他们活过多少年，在非洲的滚热的太阳之下。他们的灵

魂一定是很洁净的了，因为完全包在牛皮里，只有口鼻留一空洞，身上积下许多有生和无生的东西，撒但自己也就不再去惹他，不必说那些美丽的女儿们了。他们终于能够免于犯罪了。他们唯一的思虑是在末日裁判上。

这样的牛皮包裹法，无论用于室女或是隐士似乎都颇适宜，但是一劳永逸的办法，缺少软性，亦是缺点。能有其长处而无缺点的乃是这牛皮包与穷裤的折衷，学名曰 Cingula Castitatis，意译当云贞节带者是也。

说到带，大家第一要联想到的是希腊女人的腰带（Zone），此外还有一条胸带（Strophion），他们用这两条带束在上下身，使很宽大的衣褶从带上垂下去，如画上所见的那么样。平常这腰带一字也引申作别解，如史诗《阿迭舍亚》（*Odysseia*）卷十一所云解带（Zonenlycin）即含有婚媾的意义。不过带还只是一条带，并没有什么不同的构造，与后世的贞节带无关。一九三一年英国定瓦耳（Erie John Dingwall）博士所著《贞节带》（*The Girdle of Chastity*）上说，十二世纪初年女诗人法玛理（Mariede France）的纪事诗中说英雄美人之别，于衣及带上打上好些特别的结，须等本人亲手来解，仿佛已曾说到这类事物，但在文中明白说出加以图解者始于一四零五年吉塞耳（Konrad

Kyeser）的手稿传记，至于欧洲各地博物馆所存实物虽尚不少，波修（C. de Boissieu）检查过二百条，只有两条是文艺复兴前物，其馀多是十五至十七世纪所作，所以这带是中古欧洲的特产，是拉丁族的妒忌的丈夫怕他们妻女的不规矩，从十字军传来了东方的性的禁锢，加上西方的工艺的精巧，这种奇器便告厥成功了。

贞节带是什么东西呢？那可就很难说，这须得看图才容易明白。简单的说是丁字带，略如犊鼻裈，而是用金属制的，较古的只有前头一片，或用象牙做，但是普通那种前后两片的却都用铁或银制造，分作数节，中用铰缝，套在铁片的腰带上，用锁一或三锁好，其钥匙自然拿在别人的手里。前后两片中间各开一孔，周围做出许多细而尖的锯齿，里面衬以红的或别的天鹅绒，片上钻小孔用线缝住。有些讲究的都雕出花纹，或题诗句。德国蔼耳巴哈伯爵藏品中有一条带子，前片上部雕作一裸体女人，一只狐狸举了尾巴正从她的腹下钻过来，女人用左手一把抓住尾巴，其下有德文小诗四句，大意云："住了，小狐狸！我抓住了你。你老是从这里走过去！"再下即纺锤形的孔，左边雕一卫兵，手执节钺在站岗，右边是些卷花图样。后片上部雕一女人坐在男子膝上，鸠首密谈，下有诗四行云："唉，让我告诉了你罢，女人们是老吃那裤子的苦。"这里称之曰裤（Bruch），令人想起穷裤来。这带制作精工，可以和世界著名的在巴黎克吕尼博物馆（Musee de Cluny）那两条相比。但是最有意义的却还是一八八九年在奥国乡村发掘出来的一条带子，现归巴亨格耳（A. M. Pachinger）所有，这是在一个铅棺里系在少妇骸骨的腰间，从那衣服破片的花纹看来是十六七世纪之交的东西，准此可知贞节带这物事在欧洲的某一时期确确实实的曾经用过，并不是如有些人所想像只是一种传说。不但此也，一八四八年有一个苏格兰医生做过一本书，提倡用一种特别的裤保护贞节，一九零三年德国有一位太太发明一种"防止不贞的锁带"请求立案。十九世纪后半法国曾有医疗器械商广告发售贞节带，凡分三种，两种是铁制的，价目一百二十及一百八十法郎，一种精制品是银的，价目三百二十法郎，说明其用处甚多，可以保全名节，防止私生，而且"能够把比金子还贵重的东西锁起来藏好"。既然有了货物，那么自然也有顾客。相安无事的也就罢了，闹出事来捉将官里去的又并不少。

一八九二年法国波耳陀地方果酱公司的司事于弗德（Hufferte）案，一九零二年罗马雕刻家安奇洛谛

(Ancilotti）案，以及一九一零年巴黎药剂师巴拉（Parat）案，都是明显的例，可见贞节带之为绅士们所赏识，虽然在法律面前已经小有违碍。定瓦耳的书作于一九三一年，近二十年的事情却没有纪载，大约是近来这种风化案已不大发觉了罢。

贞节带，有锁和钥匙的钢带，这真是理想的器具，假如要借了他力来防护贞操。在这里也可以看出西方文化来，我们中国决想不出这样的好办法，虽然士君子关心妇女们的贞节之切也决不下于西方绅士。我们所想的办法多没有实效，穷裤等可见。上乎此者过激，如齐东野人所传说的以木槌敲妇女小腹的“幽闭”法，如《兰苕馆外史》所记“锁阴城”的缝法，是也。下乎此者又过宽，如《笑林广记》所说张仁的封条法，是也。想来想去，目的手段都在同一圈子里，而不能恰到好处，如贞节带那样神妙者，无他，工艺不发达故也。所可异者，利玛窦于千六百年到中国，带了红衣炮钟表等奇器进来，何以独没有拿来这样一条带子？那时候在西欧这带正在盛行，意大利又是发源地，德人所以有“意大利锁”（Italianischer Schloss）之称，若要带来恐怕俯拾即是罢，大约因为神父的面子不好意思，或者因为东方关于性的技巧薄有虚名，怕有运猫头鹰往雅典之诮，均未可知。然而实在乃大可惜，否则我们故宫或历史博物馆里一定可以有几条带子陈列着，不，或者至今市场还有发售，既是司空见惯，有如弓鞋高底鞋之类，那么也就不烦这样琐屑的再去记述他了。

《夏夜梦》抄

序言

乡间以季候定梦的价值，俗语云春梦如狗屁，言其毫无价值也。冬天的梦较为确实，但以“冬夜”(冬至的前夜）的为最可靠。夏秋梦的价值，大约只在有若无之间罢了。佛书里说：“梦有四种，一四大不和梦，二先见梦，三天人梦，四想梦。”后两种真实，前两种虚而不实。我现在所记的，既然不是天人示现的天人梦或预告福德罪障的想梦，却又并非“或昼日见，夜则梦见”的先见梦，当然只是四大不和梦的一种，俗语所谓“乱梦颠倒”。大凡一切颠倒的事，都足以引人注意，有纪录的价值，譬如中国现在报纸上所记的政治或社会的要闻，那一件不是颠倒而又颠倒的么？所以我也援例，将夏夜的乱梦随便记了下来。但既然是颠倒了，虚而不实了，其中自然不会含着什么奥义，不劳再请“太人”去占；反正是占不出什么来的。——其实要占呢，也总胡乱的可以做出一种解说，不过这占出来的休咎如何，我是不负责任的罢了。

一　统一局

仿佛是地安门外模样。西边墙上贴着一张告示，拥挤着许多人，都仰着头在那里细心的看，有几个还各自高声念着。我心里迷惑，这些人都是车夫么？其中夹着老人和女子，当然不是车夫了；但大家一样的在衣服上罩着一件背心，正中缀了一个圆图，写着中西两种的号码。正纳闷间，听得旁边一个人喃喃的念道，

……目下收入充足，人民军等应该加餐，自出示之日起，不问女男幼老，应每日领米二斤，麦二斤，猪羊牛肉各一斤，马铃薯三斤，油盐准此，不得折减，违者依例治罪。

饮食统一局长三九二七鞠躬

这个办法，写的很是清楚，但既不是平粜，又不是赈饥，心理觉得非常胡涂。只听得一个女人对着一个老头子说道：

“三六八（仿佛是这样的一个数目）叔，你老人家胃口倒还好么？”

"六八二——不，六八八二妹，那里还行呢！以前已经很勉强了，现今又添了两斤肉，和些什么，实在再也吃不下，只好拚出治罪罢了。"

"是呵，我怕的是吃土豆，每天吃这个，心里很腻的，但是又怎么好不吃呢。"

"有一回，还是只发一斤米的时候，规定凡六十岁以上的人应该安坐，无故不得直立，以示优待。我坐得不耐烦了，暂时立起，恰巧被稽查看见了，拉到平等厅去判了三天的禁锢。"

"那么，你今天怎么能够走出来的呢？"

"我有执照在这里呢。这是从行坐统一局里领来的，许可一日间不必遵照安坐条律办理。"

我听了这些莫名其妙的话，心想上前去打听一个仔细，那老人却已经看见了我，慌忙走来，向我的背上一看，叫道："爱克司兄，你为什么还没有注册呢。"

我不知道什么要注册，刚待反问的时候，突然有人在耳边叫道："干么不注册！"一个大汉手中拿着一张名片，上面写道"姓名统一局长一二三"，正立在我的面前。我大吃一惊，回过身来撒腿便跑，不到一刻便跑的很远了。

二　长毛

我站在故乡老屋的小院子里。院子的地是用长方的石板铺成的；坐北朝南是两间“蓝门”的屋，子京叔公常常在这里抄《子史辑要》，——也在这里发疯；西首一间侧屋，屋后是杨家的园，长着许多淡竹和一棵棕榈。

这是“长毛时候”。大家都已逃走了，但我却并不逃，只是立在蓝门前面的小院子里，腰间仿佛挂着一把很长的长剑。当初以为只有自己一个人，随后却见在院子里还有一个别人，便是在我们家里做过长年的“得法”，——或者叫做“得寿”也未可知。他同平常夏天一样，赤着身子，只穿了一条短袴，那猪八戒似的脸微微向下。我不曾问他，他也不说什么，只是忧郁的却很从容自在的站着。

大约是下午六七点钟的光景。他并不抬起头来，只喃喃的说道：“来了。”

我也觉得似乎来了，便见一个长毛走进来了。所谓长毛是怎样的人我并不看见，不过直觉他是个长毛，大约是一个穿短衣而拿一把板刀的人。这时候，我不自觉的已经在侧屋里边了；从花墙后望出去，却见得法（或得寿）已经恭恭敬敬的跪在地上，反背着手，专等着长毛去杀他了。以后的景致有点模糊了，仿佛是影戏的中断了一下，推想起来似乎是我赶出去，把长毛杀了。

得法听得噗通的一颗头落地的声音，慢慢的抬起头来一看，才知道杀掉的不是自己，却是那个长毛，于是从容的立起，从容的走出去了。在他的迟钝的眼睛里并不表示感谢，也没有什么惊诧，但是因了我的多事，使他多要麻烦，这一种烦厌的神情却很明显的可以看出来了。

三　诗人

我觉得自己是一个诗人（当然是在梦中），在街上走着搜寻诗料。

我在护国寺街向东走去，看见从对面来了一口棺材。这是一口白皮的空棺，装在人力车上面，一个人拉着，慢慢的走。车的右边跟着一个女人，手里抱着一个一岁以内的孩子。她穿着重孝，但是身上的白衣和头上的白布都是很旧而且脏，似乎已经穿了一个多月了。她一面走，一面和车夫说着话，一点都看不出悲哀的样子。——她的悲哀大约被苦辛所冻住，所遮盖了罢。我想像死者是什么人，生者是什么人，以及死者和生者的过去，正抽出铅笔想写下来，他们却已经完全不见了。

这回是在西四北大街的马路上了。夜里骤雨初过，大路洗的很是清洁，石子都一颗颗的突出，两边的泥路却烂的像泥塘一般。东边路旁有三四个人立着呆看，我也近前一望，原来是一匹死马躺在那里。大车早已走了，撇下这马，头朝着南脚向着东的摊在路旁。这大约也只是一匹平常的马，但躺在那里，看去似乎很是瘦小，从泥路中间拖开的时候又翻了转面，所以他上边的面孔肚子和前后腿都是湿而且黑的沾着一面的污泥。他那胸腹已经不再掀动了，但是喉间还是咻咻的一声声的作响，不过这已经不是活物的声音，只是如风过破纸窗似的一种无生的音响而已。我忽然想到俄国息契特林的讲马的一生的故事《柯虐伽》，拿出笔来在笔记簿上刚写下去，一切又都不见了。

有了诗料，却做不成诗，觉得非常懊恼，但也微倖因此便从梦中惊醒过来了。

四　狒狒之出笼

在著名的杂志《宇宙之心》上，发现了一篇惊人的议论，篇名叫做《狒狒之出笼》。大意说在毛人的时代，人类依恃了暴力，捕捉了许多同族的狒狒猩猩和大小猿猴，锁上铁链，关在铁笼里，强迫去作苦工。这些狒狒们当初也曾反抗过，但是终抵不过皮鞭和饥饿的力量，归结只得听从，做了毛人的奴隶。过了不知多少千年，彼此的皮毛都已脱去，看不出什么分别，铁链与笼也不用了，但是奴隶根性已经养成，便永远的成了一种精神的奴族。其实在血统上早已混合，不能分出阶级来了，不过他们心里有一种运命的阶级观，譬如见了人己的不平等，便安慰自己道："他一定是毛人。我当然是一个狒狒，那是应该安分一点的。"

因为这个缘故，彼此相安无事，据他们评论，道德之高足为世界的模范。……但是不幸据专门学者的考察，这个理想的制度已经渐就破坏，狒狒将要扭开习惯的锁索，出笼来了。出笼来的结果怎样，那学者不曾说明，他不过对于大家先给一个警告罢了。

这个警告出来以后，社会上顿时大起恐慌。大家——凡自以为不是狒狒的人们，——两个一堆，三个一攒的在那里讨论，想找出一个万全的对付策。他们的意见大约可以分作这三大派。

一，是反动派。他们主张恢复毛人时代的制度，命令各工厂"漏夜赶造"铁链铁笼，把所有的狒狒阶级拘禁起来，其正在赶造铁链等者准与最后拘禁。

二，是开明派。他们主张教育狒狒阶级，帮助他们去求解放，即使不幸而至于决裂，他们既然有了教育，也可以不会有什么大恐怖出现了。

三，是经验派。他们以为反动派与开明派都是庸人自扰，狒狒是不会出笼的。加在身上的锁索，一经拿去，人便可得自由；加在心上的无形的锁索的拘系，至少是终身的了，其解放之难与加上的时间之久为正比例。他们以经验为本，所以得这个名称，若从反动派的观点看去可以说是乐观派，在开明派这边又是悲观派了。

以上三派的意见，各有信徒，在新闻杂志上大加鼓吹，将来结果如何，还不能知道。反动派的主张固然太是横暴，而且在实际上也来不及；开明派的意见原要高明得多，但是在这一点上，也是一样的来不及了。因为那些自承为狒狒阶级的人虽没有阶级争斗的意思，却很有一种阶级意识；他们自认是一个狒狒，觉得是卑贱的，却同时仿佛又颇尊贵。所以他们不能忍受别人说话，提起他们的不幸和委屈，即使是十分同情的说，他们也必然暴怒，对于说话的人漫骂或匿名的揭帖，以为这人是侵犯了他们的威严了。而且他们又不大懂得说话的意思，尤其是讽刺的话，他们认真的相信，得到相反的结果，气轰轰的争闹。从这些地方看来，那开明派的想借文字言语企图心的革命的运动，一时也就没有把握了。

狒狒倘若真是出笼，这两种计画都是来不及的。——那么经验派的不出笼说是唯一的正确的意见么？我不能知道，须等去问“时间”先生才能分解。

（这是哪一国的事情，我醒来已经忘了，不过总不是出在我们震旦，特地声明一句。）

五　汤饼会

是大户人家的厅堂里，正在开汤饼会哩。

厅堂两旁，男左女右的坐满了盛装的宾客。中间仿佛是公堂模样，放着一顶公案桌，正面坐着少年夫妻，正是小儿的双亲。

案旁有十六个人分作两班相对站着，衣冠整肃，状貌威严，胸前各挂一条黄裥，上写两个大字道，“证人”。左边上首的一个人从桌上拿起一张文凭似的金边的白纸，高声念道：

> 维一四天下，南瞻部洲，礼义之邦，摩诃茀罗利达国，大道德主某家降生男子某者，本属游魂，分为异物。披萝带荔，足御风寒；饮露餐霞，无须烟火。友蟪蛄而长啸，赏心无异于闻歌；附萤火以夜游，行乐岂殊于秉烛。幽冥幸

福，亦云至矣。尔乃罔知满足，肆意贪求：却夜台之幽静而慕尘世之纷纭，舍金刚之永生而就石火之暂寄。即此颛愚，已足怜悯，况复缘兹一念，祸及无辜，累尔双亲，铸成大错，岂不更堪叹恨哉。原夫大道德主某者，华年月貌，群称神仙中人；而古井秋霜，实受圣贤之戒：以故双飞蛱蝶，既未足喻其和谐；一片冰心，亦未能比其高洁也。乃缘某刻意受生，妄肆蛊惑，以致清芬犹在，白莲已失其花光；绿叶已繁，红杏倏成为母树。十月之危惧，三年之苦辛；一身濒于死亡，百乐悉以捐弃。所牺牲者既大，所耗费者尤多：就傅取妻，饮食衣被，初无储积，而擅自取携；猥云人子，实唯马蛭，言念及此，能不慨然。呜呼，使生汝而为父母之意志，则尔应感罔极之恩；使生汝而非父母之意志，则尔应负弥天之罪矣。今尔知恩乎？尔知罪乎？尔知罪矣，则当自觉悟，勉图报称，冀能忏除无尽之罪于万一。尔应自知，自尔受生以至复归夜台，尽此一生，尔实为父母之所有，以尔为父母之罪人，即为父母之俘囚，此尔应得之罪也。尔其谨守下方之律令，勉为孝子，余等实有厚望焉。

计开一，承认子女降生纯系个人意志，应由

自己负完全责任，与父母无涉。

二，承认子女对于父母应负完全责任，并赔偿损失。

三，准第二条，承认子女为父母之所有物。

四，承认父母对于子女可以自由处置：

甲，随意处刑。

乙，随时变卖或赠与。

丙，制造成谬种及低能者。

五，承认本人之妻子等附属物间接为父母的所有物。

六，以感谢与满足承认上列律令。

那人将这篇桐选合璧的文章念了，接着便是年月和那“游魂”——现在已经投胎为小儿了——的名字，于是右边上首的人恭恭敬敬的走下去，捉住抱在乳母怀里的小儿的两手，将他的大拇指捺在印色盒里，再把他们按在纸上署名的下面。以后是那十六个证人各着花押，有一两个写的是“一片中心”和“一本万利”的符咒似的文字，其馀大半只押一个十字，也有画圆圈的，却画得很圆，并没有什么规角。末一人画圈才了，院子里便惊天动地的放起大小炮竹来，在这声响中间，听得有人大声叫道：“礼——毕！”于是这礼就毕了。

（这天晚上，我正看着英国巴特勒的小说《虚无乡游记》，或者因此引起我这个妖梦，也未可知。）

六　初恋

那时我十四岁，她大约是十三岁罢。我跟着祖父的妾宋姨太太寄寓在杭州的花牌楼，间壁住着一家姚姓，她便是那家的女儿。伊本姓杨，住在清波门头，大约因为行三，人家都称她作三姑娘。姚家老夫妇没有子女，便认她做干女儿，一个月里有二十多天住在他们家里，宋姨太太和远邻的羊肉店石家的媳妇虽然很说得来，与姚宅的老妇却感情很坏，彼此都不交口，但是三姑娘并不管这些事，仍旧推进门来游嬉。她大抵先到楼上去，同宋姨太太搭赸一回，随后走下楼来，站在我同仆人阮升公用的一张板桌旁边，抱着名叫“三花”的一只大猫，看我映写陆润庠的木刻的字帖。

我不曾和她谈过一句话，也不曾仔细的看过她的面貌与姿态。大约我在那时已经很是近视，但是还有一层缘故，虽然非意识的对于她很是感到亲近，一面却似乎为她的光辉所掩，开不起眼来去端详她了。在此刻回想起来，仿佛是一个尖面庞，乌眼睛，瘦小身材，而且有尖小的脚的少女，并没有什么殊胜的地方，但在我的性的生活里总是第一个人，使我于自己以外感到对于别人的爱着，引起我没有明了的性的概念的对于异性的恋慕的第一个人了。

我在那时候当然是“丑小鸭”，自己也是知道的，但是终不以此而减灭我的热情。每逢她抱着猫来看我写字，我便不自觉的振作起来，用了平常所无的努力去映写，感着一种无所希求的迷濛的喜乐。并不问她是否爱我，或者也还不知道自己是爱着她，总之对于她的存在感到亲近喜悦，并且愿为她有所尽力，这是当时实在的心情，也是她所给我的赐物了。在她是怎样不能知道，自己的情绪大约只是淡淡的一种恋慕，始终没有想到男女夫妇的问题。有一天晚上，宋姨太太忽然又发表对于姚姓的憎恨，末了说道：“阿三那小东西，也不是好东西，将来总要流落到拱辰桥去做婊子的。”

我不很明白做婊子这些是什么事情，但当时听了心里想道：“她如果真是流落做了婊子，我必定去救她出来。”

大半年的光阴这样的消费过去了。到了七八月里因为母亲生病，我便离开杭州回家去了。一个月以后，阮升告假回去，顺便到我家里，说起花牌楼的事情，说道：“杨家的三姑娘患霍乱死了。”

我那时也很觉得不快，想像她的悲惨的死相，但同时却又似乎很是安静，仿佛心里有一块大石头已经放下了。

（十年九月）

三礼赞

一　娼女礼赞

这个题目，无论如何总想不好，原拟用古典文字写作 Apologia pro Pornês，或以国际语写之，则为 Apologia por Prostituistino，但都觉得不很妥当，总得用汉文才好，因此只能采用这四个字，虽然礼赞应当是 Enkomion 而不是 Apologia，但也没有法子。

（民国十八年四月吉日，于北平）

贯华堂古本《水浒传》第五十回叙述白秀英在郓城县勾栏里说唱笑乐院本，参拜了四方，拍下一声界方，念出四句定场诗来：

新鸟啾啾旧鸟归，老羊羸瘦小羊肥，

人生衣食真难事，不及鸳鸯处处飞。

雷横听了喝声采。金圣叹批注很称赞道好，其实我们看了也的确觉得不坏。或有句云，世事无如吃饭难，此事从来远矣。试观天下之人，固有吃饱得不能再做事者，而多做事却仍缺饭吃的朋友，盖亦比比然也。尝读民国十年十月廿一日《觉悟》上所引德国人柯祖基（Kautzky）的话：

> 资本家不但利用她们（女工）的无经验，给她们少得不够自己开销的工钱，而且对她们暗示，或者甚至明说，只有卖淫是补充收入的一个法子。在资本制度之下，卖淫成了社会的台柱子。

我想，资本家的意思是不错的。在资本制度之下，多给工资以致减少剩馀价值，那是断乎不可，而她们之需要开销亦是实情：那么还有什么办法呢，除了设法补充？圣人有言，饮食男女，人之大欲存焉。世之人往往厄于贫贱，不能两全，自手至口，仅得活命，若有人为“煮粥”，则吃粥亦即有两张嘴，此穷汉之所以兴叹也。若夫卖淫，乃寓饮食于男女之中，犹有鱼而复得兼熊掌，岂非天地间仅有的良法美意，吾人欲不喝采叫好又安可得耶？

美国现代批评家里有一个姓们肯（Mencken）的人，他也以为卖淫是很好玩的。《妇人辩护论》第四十三节是讲花姑娘的，他说卖淫是这些女人所可做的最有意思的职业之一，普通娼妇大抵喜欢她的工作，决不肯去和女店员或女堂官调换位置。先生女士们觉得她是堕落了，其实这种生活要比工场好，来访的客也多比她的本身阶级为高。我们读西班牙伊巴涅支(Ibanez)的小说《侈华》，觉得这不是乱说的话。们肯又道：

> 牺牲了贞操的女人，别的都是一样，比保持贞洁的女人却更有好的机会，可以得到确实的结婚。这在经济的下等阶级的妇女特别是如此。她们一同高等阶级的男子接近，——这在平时是不容易，有时几乎是不可能的，——便能以女性的希奇的能力逐渐收容那些阶级的风致趣味与意见。外宅的女子这样养成姿媚，有些最初是姿色之恶俗的交易，末了成了正式的结婚。这样的结婚数目在实际比表面上所发现者要大几倍，因为两造都常努力想隐藏他们的事实。

那么，这岂不是“终南捷径”，犹之绿林会党出身者就可以晋升将官，比较陆军大学生更是阔气百倍乎。

哈耳波伦（Heilborn）是德国的医学博士，著有一部《异性论》，第三篇是论女子的社会的位置之发达。在许多许多年的黑暗之后，到了希腊的雅典时代，才发现了一点光明，这乃是希腊名妓的兴起。这种女子在希腊称作赫泰拉（Hetaira），意思是说女友，大约是中国的鱼玄机薛涛一流的人物，有几个后来成了执政者的夫人。

> 因了她们的精炼优雅的举止，她们的颜色与姿媚，她们不但超越普通的那些外宅，而且还压倒希腊的主妇，因为主妇们缺少那优美的仪态，高等教育，与艺术的理解，而女友则有此优长，所以在短时期中使她们在公私生活上占有极大的势力。

哈耳波伦结论道：

> 这样，欧洲妇女之精神的与艺术的教育因卖淫制度而始建立。赫泰拉的地位可以算是所谓妇女运动的起始。

这样说来，柯祖基的资本家真配得高兴，他们所提示的卖淫原来在文化史上有这样的意义。虽然这上边所说的光荣的营业乃是属于“非必要”的，独立的游女部类，与那徒弟制包工制的有点不同。们肯的话注解得好，“凡非必要的东西在世上常得尊重，有如宗教，时式服装，以及拉丁文法”，故非为糊口而是营业的卖淫自当有其尊严也。

总而言之，卖淫足以满足大欲，获得良缘，启发文化，实在是不可厚非的事业，若从别一方面看，她们似乎是给资本主义背了十字架，也可以说是为道受难，法国小说家路易菲立（Louis Philippe）称她们为可怜的小圣女，虔敬得也有道理。老实说，资本主义是神人共祐，万打不倒的，而有些诗人空想家又以为非打倒资本主义则妇女问题不能根本解决。夫资本主义既有万年有道之长，所有的办法自然只有讴歌过去，拥护现在，然则卖淫之可得而礼赞也盖彰彰然矣。无论雷横的老母怎样骂为“千人骑万人压乱人入的贼母狗”，但在这个世界上，白玉乔所说的“歌舞吹弹普天下伏侍看官”总不失为最有效力最有价值的生活法。我想到书上有一句话道，“夫人，内掌柜，姨太太，校书等长短期的性的买卖，真是滔滔者天下皆是”，恐怕女同志们虽不赞成我的提示，也难提出抗议。我又记起友人传述劝卖男色的古歌，词虽粗鄙，亦有至理存焉，在现今什么都是买卖的世界，我们对于卖什么东西的能加以非难乎？日本歌人石川啄木不云乎：

我所感到不便的，不仅是将一首歌写作一行这一件事情。但是我在现今能够如意的改革，可以如意的改革的，不过是这桌上的摆钟砚台墨水瓶的位置，以及歌的行款之类罢了。说起来，原是无可无不可的那些事情罢了。此外真是使我感到不便，感到苦痛的种种的东西，我岂不是连一个指头都不能触他一下么？不但如此，除却对了它们忍从屈服，继续的过那悲惨的二重生活以外，岂不是更没有别的生于此世的方法么？我自己也用了种种的话对于自己试为辩解，但是我的生活总是现在的家族制度，阶级制度，资本制度，知识买卖制度的牺牲。

（见《陀螺》二二〇页）

二　哑吧礼赞

俗语云，“哑吧吃黄连”，谓有苦说不出也。但又云，“黄连树下弹琴”，则苦中作乐，亦是常有的事。哑吧虽苦于说不出话，盖亦自有其乐，或者且在吾辈有嘴巴人之上，未可知也。

普通把哑吧当作残废之一，与一足或无目等视，这是很不公平的事。哑吧的嘴既没有残，也没有废，他只是不说话罢了。《说文》云：“瘖，不能言病也。”就是照许君所说，不能言是一种病，但这并不是一种要紧的病，于嘴的大体用处没有多大损伤。查嘴的用处大约是这几种，（一）吃饭，（二）接吻，（三）说话。哑吧的嘴原是好好的，既不是缺少舌尖，也并不是上下唇连成一片，那么他如要吃喝，无论番菜或是“华餐”，都可以尽量受用，决没有半点不便，所以哑吧于个人的荣卫上毫无障碍，这是可以断言的。至于接吻呢？既如上述可以自由饮啖的嘴，在这件工作当然也无问题，因为如荷兰威耳德（Van de Velde）医生在《圆满的结婚》第八章所说，接吻的种种大都以香味触三者为限，于声别无关系，可见哑吧不说话之绝不妨事了。归根结蒂，哑吧的所谓病还只是在“不能言”这一点上。据我看来，这实在也不关紧要。人类能言本来是多此一举，试看两间林林总总，一切有情，莫不自遂其生，各尽其性，何曾说一句话。古人云：“猩猩能言，不离禽兽；鹦鹉能言，不离飞鸟。”可怜这些畜生，辛辛苦苦，学了几句人家的口头语，结果还是本来的鸟兽，多被圣人奚落一番，真是何苦来。从前四只眼睛的仓颉先生无中生有地造文字，害得好心的鬼哭了一夜，我怕最初类猿人里那一匹直着喉咙学说话的时候，说不定还着实引起了原始天尊的长叹了呢。人生营营所为何事，“饮食男女，人之大欲存焉”，既于大欲无亏，别的事岂不是就可以随便了么？中国处世哲学里很重要的一条是，多一事不如少一事，如哑吧者，可以说是能够少一事的了。

语云：“病从口入，祸从口出。”说话不但于人无益，反而有害，即此可见。一说话，话中即含有臧否，即是危险，这个年头儿。人不能老说“我爱你”等甜美的话，——况且仔细检查，我爱你即含有我不爱他或不许他爱你等意思，也可以成为祸根。哲人见客寒暄，但云“今天天气……哈哈哈！”不再加说明，良有以也，盖天气虽无知，唯说其好坏终不甚妥，故以一笑了之。往读杨恽报孙会宗书，但记其“种一顷豆，落而为萁”等语，心窃好之，却不知杨公竟因此而腰斩，犹如湖南十五六岁的女学生们以读《落叶》（系郭沫若的，非徐志摩的《落叶》）而被枪决，同样地不可思议。然而这个世界就是这样不可思议的世界，其奈之何哉。几千年来受过这种经验的先民留下遗训曰，“明哲保身”。几十年来看惯这种情形的茶馆贴上标语曰，“莫谈国事”。吾家金人三缄其口，二千五百年来为世楷模，声闻弗替。若哑吧者岂非今之金人欤？

常人以能言为能，但亦有因装哑吧而得名者，并且上下古今这样的人并不很多，即此可知哑吧之难能可贵了。第一个就是那鼎鼎大名的息夫人。她以倾国倾城的容貌，做了两任王后，她替楚王生了两个儿子，可是没有对楚王说一句话。喜欢和死了的古代美人吊膀子的中国文人于是大做特做其诗，有的说她好，有的说她坏，各自发挥他们的臭美，然而息夫人的名声也就因此大起来了。老实说，这实是妇女生活的一场悲剧，不但是一时一地一人的事情，差不多就可以说是妇女全体的运命的象征。易卜生所作《玩物之家》一剧中女主人公娜拉说，她想不到自己竟替漠[①]不相识的男子生了两个子女，这正是息夫人的运命，其实也何尝不就是资本主义下的一切妇女的运命呢。还有一位不说话的，是汉末隐士姓焦名先的便是。吾乡金古良作《无双谱》，把这位隐士收在里面，还有一首赞题得好：

孝然独处，绝口不语，

默隐以终，笑杀狐鼠。

并且据说“以此终身，至百馀岁”，则是装了哑吧，既成高士之名，又享长寿之福，哑吧之可赞美盖彰彰然明矣。

世道衰微，人心不古，现今哑吧也居然装手势说起话来了。不过这在黑暗中还是不能用，不能说话。孔子曰：“邦无道，危行言逊。”哑吧其犹行古之道也欤。

（十八年十一月十三日，北平）

【锺校】

①“漠”原作“膜”。

三 麻醉礼赞

麻醉，这是人类所独有的文明。书上虽然说，斑鸠食桑葚则醉，或云，猫食薄荷则醉，但这都是偶然的事，好像是人错吃了笑菌，笑得个一塌胡涂，并不是成心去吃了好玩的。成心去找麻醉，是我们万物之灵的一种特色，假如没有这个，人之所以异于禽兽者几希了。

麻醉有种种的方法。在中国最普通的一种是抽大烟。西洋听说也有文人爱好这件东西，一位散文家的杰作便是烟盘旁边的回忆，另一诗人的一篇《忽不烈汗》的诗也是从芙蓉城的醉梦中得来的。中国人的抽大烟则是平民化的，并不为某一阶级所专享，大家一样地吱吱的抽吸，共享麻醉的洪福，是一件值得称扬的事。鸦片的趣味何在，我因为没有入过黑籍，不能知道，但总是麻苏苏地很有趣罢。我曾见一位烟户，穷得可以，真不愧为鹑衣百结，但头戴一顶瓜皮帽，前面顶边烧成一个大窟窿，乃是沉醉时把头屈下去在灯上烧去的，于此即可想见其陶然之状态了。近代传闻孙馨帅有一队烟兵，在烟瘾抽足的时候冲锋最为得力，则已失了麻醉的意义，至少在我以为总是不足为训的了。

中国古已有之的国粹的麻醉法，大约可以说是饮酒。刘伶的“死便埋我”，可以算是最彻底了，陶渊明的诗也总是三句不离酒，如云“拨置且莫念，一觞聊可挥”，又云“天运苟如此，且进杯中物”，又云“中觞纵遥情，忘彼千载忧，且极今朝乐，明日非所求”，都是很好的例。酒，我是颇喜欢的，不过曾经声明过，殊不甚了解陶然之趣，只是乱喝一番罢了。

但是在别人的确有麻醉的力量，它能引人着胜地，就是所谓童话之国土。我有两个族叔，尤是这样幸福的国土里的住民。有一回冬夜，他们沉醉回来，走过一乘吾乡所很多的石桥，哥哥刚一抬脚，棉鞋掉了，兄弟给他在地上乱摸，说道：“哥哥棉鞋有了。”用脚一踹，却又没有，哥哥道：“兄弟，棉鞋汪的一声又不见了！”原来这乃是一只黑小狗，被兄弟当作棉鞋捧了来了。我们听了或者要笑，但他们那时神圣的乐趣我辈外人那里能知道呢？的确，黑狗当棉鞋的世界于我们真是太远了，我们将棉鞋当棉鞋，自己说是清醒，其实却是极大的不幸，何为可惜十二文钱，不买一提黄汤，灌得倒醉以入此乐土乎。

信仰与梦，恋爱与死，也都是上好的麻醉。能够相信宗教或主义，能够做梦，乃是不可多得的幸福的性质，不是人人所能获得。恋爱要算是最好了，无论何人都有此可能，而且犹如采补求道，一举两得，尤为可喜。不过此事至难，第一须有对手，不比别的只要一灯一盏即可过瘾，所以即使不说是奢侈，至少也总是一种费事的麻醉罢。至于失恋以至反目，事属寻常，正如酒徒呕吐，烟客脾泄，不足为病，所当从头承认者也。末后说到死。死这东西，有些人以为还好，有些人以为很坏，但如当作麻醉品去看时，这似乎倒也不坏。依壁鸠鲁说过，死不足怕，因为死与我辈没有关系，我们在时尚未有死，死来时我们已没有了。快乐派是相信原子说的，这种唯物的说法可以消除死的恐怖，但由我们看来，死又何尝不是一种快乐，麻醉得使我们没有，这样乐趣恐非醇酒妇人所可比拟的罢？所难者是怎样才能如此麻醉，快乐？这个我想是另一问题，不是我们现在所要谈论的了。

醉生梦死，这大约是人生最上的生活法罢？然而也有人不愿意这样。普通外科手术总用全身或局部的麻醉，唯偶有英雄独破此例，如关云长刮骨疗毒，为世人所佩服，固其宜也。盖世间所有唯辱与苦，茹苦忍辱，斯乃得度。画廊派哲人（Stoics）之勇于自杀，自成宗派，若彼得洛纽思（Petroncus）听歌饮酒，切脉以死，虽稍贵族的，故自可喜。达拉思布耳巴（Taras Bulba）长子为敌所获，毒刑致死，临死曰：

“父亲，你都看见么?”达拉思匿观众中大呼曰：“儿子，我都看见!”此则哥萨克之勇士，北方之强也。此等人对于人生细细尝味，如啜苦酒，一点都不含胡，其坚苦卓绝盖不可及，但是我们凡人也就无从追踪了。话又说了回来，我们的生活恐怕还是醉生梦死最好罢。——所苦者我只会喝几口酒，而又不能麻醉，还是清醒地都看见听见，又无力高声大喊，此乃是凡人之悲哀，实为无可如何者耳。

（十八年十一月三十日）

糸鱼川

前日看《京报》，见一则新闻的标题是日本大火，下引糸鱼川二十一日新联电云：“糸鱼川大火，横町田中町七间町滨町等冲要处所均被延烧，九时半始息灭。因车站烧失，上下行列车一时不通，九时十分始通车。全烧五百馀户，损失颇巨，幸无死伤。”

我看见糸鱼川大火这一句的时候第一个想到的是相马御风君家的安否。据相马君在他的文集里一篇文章上所说，糸鱼川是很有点怪奇的地方，出产一种稀有的糸鱼所以得名。其地北面大海，南边全是重叠的山，猫额角似的一片地，由东往西的摊着，一年的三分之一是被大雪暴风波浪所迫胁所包围，因为多风的缘故火灾也特别的多而且厉害，几乎没有一年平安无事，然而人情也特别厚道，所以人民安土重迁，虽多天灾却还觉得住的安适。相马君的旧家于一九零九年被焚，一九一五年相马君回乡，还住在临时的板屋内，一九二四年才正式建筑，可是不到整整四年，又在一九二八年夏失火延烧了。现在难道又被焚了么？相隔也还不到整整四年。一九二八年的火灾据说不过百数十户，这回却有五百之多，更使人觉得情形不大佳妙了。

相马君是明治大正时代文学界的一个重要人物，普通称作早稻田派的，因为是早稻田大学的出身，与岛村抱月、片上天弦、中村星湖诸人都尽力于批评介绍，虽然前有坪内逍遥，后有本间久雄，这个时期总要算最是盛大了。大正初年相马君忽然退隐，飘然的回到故乡去了，有人说是因为与学校的同僚意见不合，但这种说法未见得对，相马君的退隐似乎是心机一转，而那些得失细故未必会引起这样转变罢。相马君从前是偏重西洋流的新文学的，后来却全放弃了，他的新方向似乎不便轻易断定，不过从他所最尊重的几个古人的思想看来，总可以说是从社会回到自然，有点近于东方的传统了。

相马君所最佩服的古人是良宽上人，其次是小林一茶罢，这两个人都生于近世，死了才不过一百年，恰巧又都是相马君的同乡越后人。一茶（1763—1827）原是有名的俳人，他所做的俳句在日本文学中独创一格，差不多是不可无一却也有点不能有二之概，沼波琼音说他作诗的时候并不想着要作好句，而且也并不想要作句，却只是謦欬悉是俳谐罢了。他是个烦恼具足的凡夫，但归根是信托弥陀的，他对于遇见不幸或穷或老等事非常的慨叹，但一面也有以为有趣的态度。晚年遇了火灾，只剩下一间土藏，当作住宅，在这悲苦的时期他还做这样的句子出来：

火烧场呵，跳蚤们哄哄的喧扰着。

不但此也，据说在火烧的当时他在旁边看着，吟了这一句：

萤火虫儿放多了时，噫呀阿呀，这可是阿呀。

良宽（1757—1831）是十八世纪末的和尚，然而他的行事很有中古圣僧的风度，不，他有地方与圣芳济寒山子有点相近，更多点艺术味，而缺少他们的头巾气与蔬笋气，所以更令人觉得可以亲近。良宽平生最心爱的有三样东西，一是儿童，二是绣球，三是弹棋。他的顶愉快的生活便是同了儿童们拍球，弹石子或细螺壳游戏。有人纪述他在国上山五合庵里住的时候[1]的情形说："雨天蛰居，晴则至后山樵采，或在山边摘堇花，有时与儿童赛球，捉迷藏，不知倦，日出

【锺校】

① "时候"原作"时代"。

则乞食于市，暮则归卧。”良宽能歌咏，能写字。相马君称其书第一，和歌第二，汉诗第三。但为免除翻译困难起见，今录其诗数首：

一

裙子短兮偏衫长，腾腾兀兀只么过。

陌上儿童忽见我，拍手齐唱抛球歌。

二

终日乞食罢，归来掩蓬扉。

炉烧带叶柴，静读寒山诗。

西风吹夜雨，飒飒洒茅茨。

时伸双脚卧，何思复何疑。

三　题五合庵

索索五合庵，室如悬磬然。

户外杉千株，壁上偈数篇。

釜中时有尘，灶里更无烟。

唯有东村叟，频敲月下门。

四

担薪下翠岑，翠岑道不平，

时息老松下，静听春禽声。

相马君关于良宽上人写了六七种书，对于他的艺术与思想很是佩服，但是良宽在大地震后致友人的这一封信似乎尤有意思：

地震真是了不得。野僧草庵别无事故，亲族中也无死人，大可喜庆。

——突然的，死也死不去，活着眼见这些忧患的烦恼呀。(案此原系和歌。)

但是，遇灾难的时节以遇为宜，死的时节以死为宜，此是免灾难之妙法也。不具。

四年前相马君遇了火灾的时候曾经引了这封信和一茶的萤火的句子以自慰藉，今年不知道怎么样？从相马君讲到良宽一茶，是很有趣味的事，但是从良宽一茶再回到糸鱼川来，便不免令人怅然沉思了。

(民国二十一年十二月二十四日，于北平)

图书在版编目(CIP)数据

知堂文集/周作人著作;锺叔河编订. —长沙:岳麓书社,2020.10

ISBN 978-7-5538-1224-3

Ⅰ.①知… Ⅱ.①周…②锺… Ⅲ.①中国文学—现代文学—作品综合集 Ⅳ.①I216.2

中国版本图书馆CIP数据核字(2019)第284566号

ZHITANG WENJI

知堂文集

周作人著作　锺叔河编订

特约编辑:鄢　琨

责任编辑:蒋　浩

责任校对:舒　舍

书籍设计:风格八号

岳麓书社出版发行

地址:湖南省长沙市爱民路47号

直销电话:0731-88804152　0731-88885616

邮编:410006

版次:2020年10月第1版

印次:2020年10月第1次印刷

开本:787mm×1092mm　1/32

印张:7

字数:114千字

印数:1—6000

ISBN 978-7-5538-1224-3

定价:26.00元

承印:长沙鸿发印务实业有限公司

如有印装质量问题,请与本社印务部联系

电话:0731-88884129